心霊本当にあった怖くてちょっといい話

河越八雲 編

ロング新書

はじめに

なぜ人は生まれ、人は死ぬのか

　私は小さい頃から夢見がちな少年だった。九州の離島で育ったので、まわりは田んぼや里山ばかり。

　集落に商店は一軒あるばかりで、日用品とお菓子が少し置いてあった。一円玉で「スズメのタマゴ」というお菓子が二個買えた。

　小学校は一学級。生徒も三〇人くらいで、たくさんの集落から通ってきていた。

　トンボがヤゴから脱皮して、朝露に濡れながら飛び立つばかりのところによく遭遇したものだ。桑の実や、野イチゴ、ヤマモモなど、季節の木の実も豊富だった。

そんな中で、幼少の頃に、三人の死と向かい合った。

二人は祖父母。もう一人は同級生だった。死者と向かい合うのは怖かった。


五〇年も前の当時の離島の生活は貧しかった。本土と違い、学校給食はまだ、なかった。それで、お昼は弁当なのだが、お米も手に入りにくい頃で、麦飯でもあればいいほうだった。

同級生の彼は、ご両親が日雇い労働者だったので、収入が不安定で、弁当を持って来れなかった。雨の日には収入がないからだった。そんな時、彼は昼を校庭で過ごしていた。

彼は学校で一目置かれたいじめっ子だった。親の愛がたりなかったのではないだろうか。誰かに振り向いて欲しかったのではないだろうか。仲間を二、三人つくって、気の弱そうな男の子をよくいじめていた。

その彼が突然死んだ。

赤痢が流行ったり、天然痘が出たりして、田舎暮らしには危険があった。その中で、みなたくましく生きていたのだが、ある日、あっけなく肺炎で、彼は死んでしまった。

参列した葬儀の時に、彼の父が、彼の母をみんなの前で詰《なじ》っているのが聞こえてきた。

「どうして、早く医者に見せなかったのか」

お母さんは、涙をいっぱいためて、反論もしないで嗚咽していた。お金がなくて、医者に診せられなかったのだと、後になって両親からきいたことだ。

あの日の同級生の死は衝撃だった。昨日までいた人が、今はいないのだ。

「死とは何か」恐ろしくもあり、不思議でもあった。


どうして、人は生き、死ぬのか。

それを知りたいと思った。

日本の中世には、『日本霊異記』という仏教説話集がある。その本には、様々な不可解なお話が紹介されている。現代人には信じられないような話ばかりだ。

しかし、本書でご紹介したように、現代でも、ごくごく親しい人々の中に、不思議な霊の体験をした方は多数いらっしゃる。神仏の臨在を感じとる人も多い。

「人は何のために生きるのか？」は永遠のテーマだからだと思う。

そして、「人はどうしたら幸福に生きられるのか」も永遠のテーマだ。

生き方が間違っていたために、迷う霊もいる。霊の存在を教えるために、わざわざ出てくる霊もいる。脳の作用、「夢」と言い切るには不可解な夢も数多い。

日本霊異記が物語っていることは、おおよそ次の点に集約できるかもしれない。

●あの世はある。

●神仏はおわします。

●神仏への尊崇が、あなた方の幸福のもとい。

これを、さまざまな怪異な現象を紹介することで、「正しい生き方」の理解が深まるようにしたのが『日本霊異記』である。

奇跡や怪異は、何もあなただけに起こっているものではない。

どの人にも、霊の導きはある。

父母や祖父母、亡き妻、亡き夫が、いとしい人が、いつもあなたのことを慈しみ深く見守ってくれている。そして、間違った生き方をしている人には、霊の警告があったりする。

だから、いとしい霊の導きに感謝し、勇気を出して、明るく前向きに生きてみることです。


「あなたは、けっして独りぼっちではないのです」

令和元年七月吉日

編者記す

3章　霊が教えてくれた……

4章 こんな夢を見た……

5章 不思議や不思議……

6章　生きものは知っていた……

1章　実家の怖い話

霊が寂しい夜に会いに来る

（埼玉県　女性　Mさん）

わたしの母の実家は、北陸の山の中にあった。

近くには、小川が流れ、わさびも採れた。緑いっぱいの季節には、マムシも出たりしたが、小川に入ると、カジカがいたり、ヤマメがいたりして、小さい頃遊びにいって、思い出深い所だった。

しかし、寒くなってくると、猪だけでなくて、熊が民家近くまでやってくるのだった。村の住民はよく知っていたが、村の境界の辺りが熊の出没地で、集落の中の母の実家の近くには、鹿がやってくるということだった。

寒い雪国だったので、家屋の構造が関東なんかとはまるで違う。

外側に戸があり、内側にも戸があった。寒さ防止なんだろうね。母から聞いた話は、静まった夜、家の中の内側の戸がガタガタ震えて、音を出し、時には少し開いたりしたという。気味が悪いね。

雪国の夜は早い。五時頃は真っ暗になる。田舎なので、街灯だってあるわけがない。吹雪いていると、ゴオーッと物音はするが、無風の夜には、物音一つしないことがある。その頃は、テレビだってなかった頃だ。

シンシンとしていて、想像力が働くような夜。

外側の戸はしまっているのに、茶の間の土間の方の戸がガタガタし始めるのだという。

わたしは尋ねた。

「どうして、そんな物音がするの」

「どうも昔の人は、水子のお葬式をちゃんとやっていなくてね」

「家にも水子がいてね、どうやら庭先に埋葬したりしていたらしい」

「その霊が、寂しい夜に会いに来るのだ」

母のおばあちゃんが教えてくれたそうだ。母にとっても、怖い話で、今も忘れられないと言う。

田舎にはそんな話が、いっぱいあったそうだ。

座敷わらしの話

（千葉県　女性　Sさん）

母が認知症になるかならないかという頃のことです。
母がベッドに座って、悲しそうにしていた。
姉が目ざとく見つけて、
「お母さん、どうしたの」
と尋ねた。
母は、昔から霊的な人だった。
タンスの上に三〇センチくらいの大きさの子ども達が座っているという。
五人くらいいるという。

姉とわたしは、顔を見合わせて、考えた。

「水子の霊かもね」

私達姉妹は三人姉妹なのだが、実は、姉とわたしの間には二人の女の子がいたが、流産して、生まれてこられなかった。

その霊が会いに来ていたらしい。


よく効く神社に祈願をして、頂いてきたお札をベッドに貼った。そして、お香、線香を燃やして、磁場を整えようと考えた。

すると、母が驚いたように声をあげた。

「この線香を見ておくれ」

なんと、その線香は、燃え尽きて、灰になって落ちているものと思ったが、燃え尽きてはいたが、輪になっており、灰は燃え尽きているにもかかわらず、水引の輪のようにくるっと回っていた。

こんな不思議な線香は見たことがない。

しばらくしたら、子ども達の霊は出てこなくなったという。

そのことを友人に尋ねたら、それは座敷わらしではないかという。

座敷わらしが出るところは、昔から家が豊かになる、富裕になると言われている。

子どもの仲がよいとか、子ども達が集まりやすいところとか、そういうところに座敷わらしは集まって来るという。

だから、悪い霊ではないから、心配しないでと言われた。

それからしばらくして、
ある日、昼寝の夢の中で、母が玄関に現れた。

赤いワンピースをきた二人の女の子を連れていた。

おかっぱ頭の女の子だ。

その二人を連れてきて、にこっと笑って
「ありがとう」

と言ってくれた。水子の供養をしてくれたことが、本当に嬉しくなって、感謝をしたくて、出てきたのだろうと思う。

それと、神社に桜の植樹をしてくれたことがとても嬉しかったそうだ。

これで水子の霊も上がれるのだと言う。

タンスの方に寝ておくれ

（神奈川県　女性　Kさん）

母が入院しているときの話。
集中治療室に入っていた。
カーテンがどうしても閉まらなかった。
私は母のために、実家に縁のある神社に桜の植樹をしてあげたかった。
その神社のちょうど記念日に、その植樹をするというのだ。
母に、「植樹をしたいけど、どう？」と聞いてみた。
すると、驚いたことに、
母は、意識もない状態だったのに

「そんなこと、やる必要はない」

と、まるで男の声で、しかもだみ声で、話した。

私と姉はビックリして、これは普通じゃないと思った。

神社から頂いてきたお札を思い出したので、病院に持っていった。

すると、だいぶ落ち着いてきた。

母にまつわる話はいっぱいあるが、
例えば、こんなことがあった。

入院する前に、自宅にいたときのこと。

母はベッドに寝ていたが、

「お前、私一人じゃ怖い。となりに寝ておくれ」

「いいわよ」

「そっちじゃないよ、こっちだよ」

母は妙なことを言った。

「どっちでもいいんじゃないの」

「そうじゃないの、お前。タンスの方から黒い手が出てくるから、そっちが怖いんだよ。タンスの方に寝ておくれ」

そんな風に言われたら、一緒に寝るのがためらわれたわ。

だって、
私だって、怖いから。

三毒を知ろう

（埼玉県　女性　Mさん）

ある日のこと。
母が私のことを三〇分ほど、頭ごなしに怒った。
怒った原因は、娘の私のことを心配してのことで、守るためだという。
「男女問題にスキを作ってはならない」
と家の中で三〇分ほど怒られた。
私は、まったく身に覚えがなくて、ピンとこなかった。
「隣の男の子に愛想笑いしていた」とか
「新聞配達の男の子に、集金の時にしなを作った」とか母の言い分に唖然としたので、聞き流すことにした。
母は、その態度に憮然として、
「なに、その態度は」と
頭ごなしに、さらに怒り出した。
「言っている意味がわからない」
私は、そう答えた。
母は、さらに憤り、口答えを許さなくなった。
しばらく、気持ちを抑えて、聞き流していた。
すると、母は、急にドーンと後ろへ倒れた。
様子がおかしかった。
口から泡を吹いている。口が曲がっている。
口裂け女みたいになって、耳の方まで口が裂けて曲がっていた。

身体は硬直して痙攣している。ふるえている。

驚いた。

「狐《きつね》憑《つ》きみたいだ」と思った。

救急車を呼ぶべきかな？　と思ったが、いや違うな、これは鹿児島さん（仮名）に来てもらった方が良いと思って、近所に住んでいる〝視える人〟に電話した。近所で有名な人だ。

彼女はすぐに来てくれた。

その頃には、母も意識を取り戻していたが、顔の異常は、もとに戻らないまま。鏡を見て、ひどく驚いた様子。

「鹿児島さんが、もうすぐ来る」

というので、母がとっさにした行動も異常だった。買い物のときの紙袋を頭からスッポリかぶったのだ。そこに目が見えるようにハサミで丸くくりぬき、頭からスッポリ被った。

やってきた鹿児島さんは、玄関をあけて、すごくビックリした声をあげていた。

鹿児島さんに一部始終を話したら、

「悪さをする者がいて、それがあなたに入ったのね。娘さんを、言い訳もさせないで、頭ごなしに三〇分お説教したのでしょう。娘さんのことを思って言ったというけど、あなたが娘さんを自分の思うようにしたいだけなのよ。娘さんに謝ろう」

鹿児島さんは、母にわかりやすく話をしてくれた。

仏教で言う三毒、嗔《とん》・愼《じん》・癡《ち》を教えてくれた。

「現世は霊界との因縁によって結ばれている」

心を正しく収め、清らかで明るい心で生きることが大事であると。

逆に、自己中心的に生き、「むさぼる心・怒りの心・疑いの心」という三毒に心を奪われると、波長同通の法則で悪霊と通じるのだと。

特に、怒りの心は、その心の状態が顔に出るのだと。

「じゃあ、私はどうしたらいいの」

母は、藁にでもすがりたかったんだと思う。

鹿児島さんに尋ねた。

鹿児島さんは
「難しくはないよ」
「娘さんに、素直にあやまること」

「自分のどこが悪かったか、振り返ってみること」

「毎日笑顔で生きること」

そして、何よりも大切なのは、

「神仏に生かされていることに感謝すること」

そう教えてくれた。


しばらくすると、母の顔は元に戻った。

そして前より少し、笑顔が美しくなった。

父が下着を取りにきた

（東京都　女性　Uさん）


七八歳だった父がなくなったのは、いまから二三年前のこと。今年二三回忌の法事をした。

いたって元気な父が、ある日脳梗塞になった。一〇日入院して、連日、凝固している血を柔らかくする薬を投与され、回復したので、明日退院ということになった。

私は、その薬が原因だと思っているのだが、突然、父が逝ってしまった。

その日の朝のことだ。

「ワーッ」という声が寝ている私の耳元で、したのだ。

私は、ビックリして飛び起きた。

時計を見ると、なんと朝の五時半。

「今のは何だったんだろう」

心が落ち着かなくなった。

すると、しばらくしてから電話が鳴った。

その頃はまだ、携帯を持っていなくて、家の電話だ。

「もしもし」

「○○病院です。お父様が急に脳出血で危篤になられました」

「えっ、いつですか」

「本日の朝の、五時半頃です」

では、あの「ワーッ」は父だったんだ。

父は病院のトイレに行ってそこで倒れたそうなのだが、見つかった時にはすでに意識がなかったという。

でも、弟と二人で病院に駆けつけた時に、父はちょっと目を開いた。手をにぎると、軽く握り返してきた。助かるのかなと思ったが、結局ダメだった。

父のお葬式が済んでから、疲れて仏壇の前でウトウトしていた時のこと。

父が夢に現れた。

父は

「下着を取りに来た」と言った。

尿失禁用のパンツを取りに来たのだ。

病院に入ってから、そのパンツを常用していた。

「なんで下着を取りにくるん。死んだんじゃないんだね」

「いやぁ、死んだんだ」

「こんな下着を取りにくるんだから、死んでないのよね」

「いやぁ、死んだ」（父が、言い張っているんです）

葬儀屋さんに、その話をしたところ、

「ちゃんと下着を取りに来て、身支度をして逝ったんですね」

と言われた。

なるほど、そうとも言えるなぁ。

父は、お風呂好きな人だったが、お風呂上がりはいつも真っ裸だった。

たまたま、ある日のこと、父が、お風呂から上がって、後ろ姿を見せていた時のこと。

「なにか変だなあ。お父さん、死ぬのかなぁ」

何とはなしに、そう思った。

父が倒れたのはそれから、数週間たったときのことだ。パンツを取りに来たときも、やはり後ろ姿だったので、風呂から出てきたときの後ろ姿が、何かを暗示していたんではないかと思った。

そうそう、電話の夢をそれから見た。

夢の中で走っているときには、なかなか前に進まないものだが、この電話の夢も不可思議なのだ。

夢の中で電話している。ダイヤル式の電話。一、二、三と回しているが、何回も間違う。仕事があるので、途中でやめて、家に帰ってから電話をかけ直す。

そうして、ようやくかかった。

私「もしもし」

父が出た。

「もしもし――どうしたんだよ、遅いよ」（父は、間違いなく私が電話してくるのを待っていたふしがある）

私は、ビックリした。

あの世の父に電話が繋がったのだ。

未来の発明にタイムマシンができるという話はよくきく。ウソかほんとか、エジソンは霊界通信機を発明しようと考えていたらしい。あの世の魂と電話でつながれば、なんかワクワクするね。

霊が嫌がること

（東京都　女性　Kさん）

私は、先祖代々神社の宮司である家に生まれた。宮城県の蔵王の近くで、二〇代続くといわれている神社である。

あるとき、親戚の葬式が仙台であった。宮司を継いだ兄と、都内から帰郷した私と子どもの三人で葬式に出席し、その晩、車で帰ってきた。兄は、宮司の仕事柄、いろんな霊との遭遇がかなりあるらしい。詳しく聞いたことはあるが、あまりしっかりと覚えていない。

その日は、比較的温暖な気候だったが、じめじめしていたことを記憶している。

外はすっかり暗くなっていた。

実家に帰り着く頃のことだった。

兄の運転で、私と甥（兄の息子）は後部座席に座っていた。

神社の境内に入るか入らないかぐらいのこと。

急に、うしろのドアがあいて、またしまった。

「今のは何だ？」

「どうして車が止まっていないのに、降りるんだ？」

兄はびっくりして、大声で言った。

「俺たち出ていないよ」

びっくりしたのは、兄だけではなかった。

私も、自分の横でドアがあいて、また勝手に閉まったのには、ひどく驚いた。

「どうしたんだろう」

三人で顔を見合わせた。

説明がつかないことが起こって、動揺した。

正直、怖くなっていた。

あとで、兄が解説してくれたところによると、

「自宅が神社だと言うことがわかった霊が、嫌がって、車から降りた」らしい。

その霊は、仙台の親類の葬式から付いてきて、

「いわゆる神社の霊域に入る所で、エリアを察知して、出て行ったのだ」

ということらしい。神社の境内は、いわゆる一般道から分かれて入るようになっているので、霊には直前になるまで、わからなかったんだろうということだ。

それで、突然人間の行為と同じことをしたのだと言う。

「ふつう、幽霊は、ドアなんか開けないから」

「勝手にドアでも、壁でも通り抜けていくのだ」

「ドアが開いたのは、まだ死んで間もないから、自分が死んだことすらわかっていないんだよ」

「でも、どうして、神社がいやなのかな」

「おそらくだけど、神社から出ている厳かな気配が、この霊にはとてもなじめない気配だったんだと思うよ」

「おそらくだけどね」

「きっと、あまり心境を整えて生きていなかったということではないかね。この世にまだ未練を残していたかもしれないね」

兄には、いろいろな経験があり、少し〝視える人〟だった。

兄の解説で、少しホッとしたことを覚えている。

「心を平らかにし、明るく生きることが大事なんだよ」

兄のことばを、それ以来、指針としている。

2章

切ない霊の話

紡績工場の幽霊

（新潟県　女性　Tさん）

わたしは新潟の山奥で生まれ育ち、中学を卒業したら、家元を離れて、遠くの高校へ行くことにした。

家の近くでは熊が出たり、イノシシが出たりした。近くにお店というものはなくて、中学まで行くには一〇キロ近く自転車で通ったというくらい、とにかく田舎だった。

また、父親との仲がとにかく悪くて、早く家元を離れたかった。

働きながら、高校に通えるということで、紡績会社がやっている定時制の高校に行くことにした。県内には見当たらなかったので、県外に行くことになった。

いま、五月病だとか言うように、四月から働き始めて、一カ月。五月の休みが数日続くと、環境が変わった苦しさに直面することになる。だから、職場に戻りたくなくなる。これを称して五月病というらしい。

わたしも働き始めて一カ月。五月の休みが数日続いて、もう会社に戻りたくなくなった。ところがわたしの会社は、とっくに先回りしていて、五月までは、寮生活者は自宅に戻ることを禁止していた。戻ってこない社員が多いからだとか。

わたしが、紡績工場で配属されたのは、原料部、精紡部、製紡部、仕上げ部の四部のうち、精紡部であった。

紡績工場での仕事の流れはうろ覚えだが、少しだけ記憶している。

まず、インドや東南アジアから仕入れた綿を仕分けして汚れや、ゴミをとります。

次に、棒に綿を巻きつけて、太い綿を巻き取った棒状にします。それをローラ機械にかけて細いうどん状にして巻き取り直します。巻き取りの様子は、最初の形状が楽器のマラカス、やがてアイスキャンディ状になり、最終形は「ガマの穂」になるのです。

その時の機械の部品名を覚えている。「ボビン」とか「タッチ棒」とか、いろいろだ。巻き取っていくと、ガマの穂状になるので、その時点で、機械がローラで押し上げて外していく。

たくさんのガマの穂状のものを一列に一〇〇～一二〇本並べて、精紡機にかけ、細い糸にしていくのが、工程です。

最後は、巻き取った糸を蒸して、整える。巨大な蒸し機があり、その中で取り残されて亡くなった人がいるとかいないとか噂されていた。

幽霊がいるらしい。

わたしの現場は「死なない現場」といわれていた。蒸し機のようなわけのわからない設備ではなかった。

ただし、巻き取ったものを細い糸にするときに、糸が切れるので、切れたり絡んだりしたときに、素手で糸を結び直したり、もつれを直したりするが、そのときに、高速回転している糸の棒に接触すると、手の平や、手の甲が火傷したり、切れたりする。

新入社員には、これが結構、苦痛になる。それで、やめてしまう子も多かった。五月には、戻らない子も多かったのだ。

わたしも最初の一カ月は、嫌で、嫌で、たまらなかった。切れた糸巻が襲ってくる怖い夢を何度も見た。

あるとき、寝ていたら、知らない人が夢に出てきて、やり方を丁寧に教えてくれた。よく見ていろよと言いながら。

それで、勇気を出して、その人の言う通りにやってみたら、切れた糸をつなぐことができた。

夢の中でホッとしていた。すごく安心な気持ちになった。

不思議なことに、その日から、あんなに嫌でしょうがなかったのに、切れた糸をつなぐことが、火傷をすることもなく、うまくできるようになった。

噂話できいた、巨大な蒸し機の中に取り残されて以前亡くなった人は、もしかしたら未熟な後輩に何かを教えるために、今も工場にいて働いているのかもしれない。

怖い幽霊だったわけじゃない。心の中で感謝していた。

タクシーの運転手さんのお話

（宮城県　女性　Mさん）

わたしはタクシーに乗るのが好きです。
生まれが雪国のこともあり、自転車に乗る練習をしてこなかったのね。
免許も当然、取ってないし、主人とは離婚していて相談相手もいないの。
男の子が二人いるけど、就職して、家にはいない。
まあ、どちらかというと、自由の身よね。
でもね、わたし、寂しがり屋なのね。
だから、仕事帰りに、面倒臭くなると、すぐにタクシーを拾うわけ。

最近、親しくなって、名前を覚えてもらったので、タクシーの運転手さんもいろいろなことを話してくれる。

橋田さん（仮名）は話好きな方で、彼が、最近体験した不思議なことを話してくれた。

トンネルの話なのね。

K市には、トンネルがいっぱいあるのよね。おもに電車の下をくぐるトンネルなんだけど、他にも、高速道路の下を走るトンネルなんかがあるわ。

少し辺鄙なところにも、暗いヒンヤリとした山の中のトンネルがある。

そんなトンネルの一つ。

そこは、いつ通っても、気分が悪くなるらしく、なるべく避けていたところらしい。

ところが、ある夜、若い女の人が、どうしてもそこを通らないといけない場所を指定したのね。

彼は気分が悪くならないように、気をつけて走っていたのだが、その日、前日の雨でぬかるんでいたのか、少しスリップして、トンネルの中で、壁に車をぶつけてしまったそうなのね。

そこで、車から降りて、車の傷を調べたらしいの。

すると、そこに車に乗っていたはずの女の人が、立っていた。

「お客さん、どうしたの」

「わたし、お客じゃない」

「じゃ、どなたなんです」

「わたしは、わたしよ」

そう言って消えた。
消えるときに、その姿を見たが、血だらけの服を着て、顔も血だらけだったそうだ。

事故とか、自殺とかの霊は、自分と同じ目に合わせようと、磁場を作るらしい。弱気になっている人、自殺したいなあと思っている人など、波長がつながってしまうらしい。念の強い霊が、仲間を増やすために、網を張っているような感じだね。
その場を、なんとかやり過ごして、その若い女の子を送り届けた橋田さんは、前以上に、日頃から明るい気持ちで過ごすように心掛けているとか。

怖い話だったけど、教訓があるところが橋田さんらしいね。

入れ墨

（兵庫県　男性　Bさん）

樹木葬が流行っています。新聞や電車の中によく広告が出ていて、見ると、料金が安いですね。

友達の水墨画の先生も、お母さんを、お金がないから樹木葬にした、と言っていた。

「だって、介護ですっかり、お金がなくなってしまったの。しょうがないわよね」

「えっ、それでいいの？」

「この間の震災で、お墓を流されたでしょ。その後、お墓を建てようとしたけど、母が高齢で、呆けて介護施設に入ったので、相談もできなくて。私、母ひとり子ひとりだったので、お墓作る必要がなかったのよ」

そんな風に話しているのを聞いたばかりの頃、妻の父がなくなった。僕は長男なので、家やお墓はちゃんと継承するものと考えていた。お墓がなければ、どうして父や母のことを思い出して偲んだりできるのだろう？

ましてや、偶像崇拝は駄目とか言って、仏像を否定し、破壊する人たちがいるけど、見えなければ、どうして尊いものを知ることができるのか、僕には不思議でならない。

仏像のなんとも言えない荘厳な雰囲気、温かく包み込む慈愛の目を感じたことがあるはずなのになぁ。

でも、義父も、仏様に愛着を感じていなかったんです。

数年前から、菩提寺が古くなった本堂を改築することになり、金色の仏様を新たに一体ご安置することにしました。

その寄進を募っていたとき、昨年の暮れのことかな、僕と妻と義父で出かけていき、お布施したんです。

義父にも勧めたんです。

しかし、義父は、

「ワシゃ、好かん。こんなん嫌いじゃ」とお布施をしなかった。

義父が亡くなったのは、それからしばらくしてのことです。五月の終わり頃でした。

そして義父が我が家に出てきたのは七月のことです。

夢の中で義父だとわかるのですが、様子がおかしいのです。

顔に入れ墨が入っていたのです。ビックリしました。

よく、聞くでしょう。江戸時代のこと。

江戸時代には、いろいろな入れ墨があったそうで、腕に入れるほか、顔にも入れていたらしい。おかしなことに、○とか、×とか「犬」とかもあったらしいです。

義父の入れ墨は、それとも違い、墨の太いラインなのでした。

二つの目を覆っていました。怪傑ゾロみたいなマスクを想像してください。それが、マスクなのではなく、入れ墨。

ビックリしますよね。


それで、これはひょっとして、義父が成仏できなくて、迷っているのかもしれないと思いました。

娘である妻と相談して、お寺で、供養してもらうことにしました。

供養したので、すっかり安心していました。ところがある日、目を覚まして家内の顔を見てビックリしました。

義父と同じところに入れ墨が、いや真っ赤なアレルギーができていたのです。つまり、顔の真ん中に真っ赤なアレルギーができたのです。

妻もビックリしましたが、僕も驚きました。

病院に行きましたが、処方されたのはアレルギーの薬で、確かにそれも効き目はあるかと思ったのです。

しかし、なかなか良くならないのです。

そこで、妻は、仲の良い霊感の強い女性に、どうしたら良いか尋ねたのです。

「これって、父なんでしょう」

「なんでなのかしら？」

「私、ちっとも悪いことしてないのに」

その方は言いました。

「金色の仏様が見えるけど、これはなぁに？」

「菩提寺の新しい仏様です」

「あなたのお父さん、仏様を侮辱なさったみたい。それで、あの世に帰ってから、自分で罪の意識から、顔に入れ墨を入れたのよ」

「自分で？」

「そうよ、だってね、みんな、霊が自分の本質って気がついていないでしょ？」

「霊はね、なんでもできるの。想像する自由があるわ。自分の間違いに気がつけば、自分で自分を罰することもあるのよ」

「じゃ、父のこと、どうしたらいいのかしら」

「お父さん、自分の間違いに気づいたけど、それはあの世で教えてもらったからなのよ。何が正しいのか、これから学ぶのよ」

「でも、なんで、私たちのところにくるのかしら？」

「それはね、あなたたちが、信心深いからなの。教えてほしいと思っているのよね、神様のことを」

霊感の強い女性から教えてもらって、妻は納得したようで、神社やお寺に行っては願掛けや祈願をしました。

それでも、なかなか自分の赤いアレルギーは取れなかったんです。

そこで、まったく考えを変えて、ある日からお釈迦様のお話を図書館から借りてきて、音読することを始めました。

どうして、そんな気になったのか、妻は施設で老人の世話をしているので、その時にヒントをもらったようなのです。

「音読？」

「うん、とにかく一カ月続けてみる」

そして、毎日音読しました。

一カ月が経とうとする頃、妻の顔は、随分綺麗になりました。そして、ある日義父の遺産相続でお金が入ったんです。

普通は、自分のために使うでしょ。でも妻は改築された本堂に安置される予定の仏様にお布施をすることにしたんですね。父への供養のつもりだと言っていました。

わが妻ながら、感心しました。

そのお布施をした夜のことです。

妻の夢ではなく、僕の夢に、義父が出てきました。

真っ白い小鳥になって、青い空めがけて飛んでいく夢でした。

「執着がなくなり、透明な心を取り戻し、あの世へと再出発した」のだと思うのです。

妻の供養の心、父への愛の思いがきっと通じたのだと思います。

しばらくして、妻の顔は、すっかり元に戻りました。

恐山の巫女（イタコ）

（山形県　女性　Tさん）

妹は、二四歳のときに、山形県の酒田港に近い最上川にかかる出羽大橋から入水自殺をした。

時節は、年の瀬で、雪の降るころであった。

その橋をタクシーで走っていると、若い女性が手を挙げ、乗車するが、車内には人がいなく、シートが濡れていると噂が立った。

両親は、雪の積もる最上川の畔を歩き、遺体を探した。

雪の溶けた三月に遺体が上がった。

わたしは、遺体の上がった時点で、妹の自殺のことを知らされた。

このとき、ハッとした。

わたしに、妹からと思える手紙が届いていたからだ。

それには、封筒の裏書きに電話番号が書かれていた。

中身のない手紙だったのだ。

妹が、入れ忘れたのかなぁと、軽い気持ちで考えていた。あとで、直接聞いてみようかと思っていて、そのままにしていたのだ。

妹からの強い最後のメッセージだったのだ。ずいぶん後悔した。


両親は、なくなった人と話ができるというので、恐山を訪ねた。

イタコは、妹になって言った。

「水をたくさん飲み、お腹がいっぱいだから、仏前には水はいらない」と。

そしてもう一人、一八歳で転倒し、後頭部を打って亡くなった姉の話も聞きたいと、さらにイタコに尋ねた。

姉は
「若くして亡くなって、親孝行できなくてごめんなさい。両親にはいつまでも長生きしてほしい」と言ったそうだ。

母は、九九歳まで生きた。娘たちの分まで生命をもらったのだと思う。

わたしは、姉と五歳違い、妹と二歳違いだった。


こうして、姉妹は早逝してしまったが、イタコとの縁は、まだ続いていた。


わたしが、看護学生のときのことだ。

看護学校は、当時全寮制だった。個室はなくて、二人部屋だったが、同室になった人は下北半島の人だった。

この人に誘われて、初めて恐山に行った。両親は二人で行ったことがあるが、その時は、わたしを連れて行ってくれなかったのだ。

同室の人と恐山に行くと、イタコさんに、尋ねてみたいことがあった。

わたしの将来のことだった。

「将来、どんな人と結婚するでしょうか」と尋ねたのだ。

「白い服を着た人と結婚するだろう」

わたしは介護の仕事で、病院に努めたので、白い服の人はいっぱいいた。だから、どの人かなぁと思ってはいたが、さっぱりわからなかった。

主人と出会ったとき、彼は会社員だったので、背広だった。

「違うじゃないの」

そう思ったが、結婚する頃になると、彼は転職し、白い作業服で働き始めていた。

このとき、一〇年前に、イタコさんが言っていたことは「当たった」と思いました。

※イタコ

霊界と人間との間にたって神おろしや死霊の口寄せをする巫女。家々を回っておしら様の祭りなども行う。盲目の女性が多く、幼少のうちから修行する。青森県恐山の地蔵講に集まる者がよく知られる（大辞林より）。

沖縄県や鹿児島県奄美群島にはユタという在野の霊能力者が、イタコに似た霊的カウンセリングを生業とすることで広く知られており、こちらは葬祭そのものを扱うことも多い。

かつては降ろした霊に、どのような思いであの世にいるか、残された人に何を伝えたかったのかを聞いて悼んだそうです。

ノイズ

（熊本県　女性　Mさん）

鹿児島の義妹が亡くなった。

三年前から患っていたらしいが、田舎なので、訪ねて見舞うこともままならず、姉の報告を黙って聞いているばかりだった。

難病で、アルツハイマーとか言ってた。

診断されてから、あっという間に進行がすすみ、病院に入院したが、回復がみられないまま、春に肺炎を患ってなくなった。気管切開をして人工呼吸をしようかという医者の再三の提案に、夫である弟は難色を示した。

なぜなら、病状が改善されてこそ、医者の努力している姿が感じられるのに、この医者は金になりそうな治療をして、回復しないことに、恥じ入ることもなく、新しい治療でなく、クスリの投与、生きながらえさせる肉体の保全に重点を置いて、患者の苦しみや、家族の焦燥している姿に申し訳ないという気持ちを持つことがないと感じていた。

だから、弟は、もう医者の言うことは、信頼できないと思い始めていた。あとは、神様に祈ることなのかもしれないと思っていたのだが、こんな風に、苦しみ悩んでいるのだから、神様が助けてくれないのはおかしいとも思っていた。それで、神様に祈ることを、敢えてしなかった。

義妹の亡骸に焼香して、お顔を見せてもらった。

ビックリした。

あまりに綺麗で、しかも前に二度会ったときの印象とまるで違っていた。

聖女のように美しかった。

「難病だったんだよ。手を尽くしたけど、手遅れだった」

弟は、会葬者の親しい友人たちに、そんな風に絞り出すように言った。


実家は鹿児島の小さい町なので、義妹の葬儀も、町の葬儀所で行うことになった。

私は主人と二人で、姉の家に泊めてもらうつもりでいたのだが、あいにく家族が増える一方で、泊めてあげる部屋がないといわれた。

町にはホテルらしきものがないこともないのだが、何しろ急なことでもあり、ホテルの予約をしないで出てきた。

弟が助け舟を出してくれて、家の離れに泊めてくれることになった。敷地に蔵など入れると五棟立っている。泊まる所はありそうだ。

通夜が終わって、早々に引き上げて、離れで主人と二人で寝ていた。

明け方近くだと思うが、妙にゾクゾクしてきた。おかしいな、前夜の天気予報では、比較的暖かい朝になると言ってたけど。

しかし、寒気はしばらくすると収まった。しかしながら、こんどはわけのわからない記号が頭の中に浮かんできた。

「◎▲※□▲○□○…□◎※※▲□▲□※○○□※□◎▲○○□※……」

なんだろう、すごく、変な記号が頭の中に浮かぶ。心の中に、ノイズが発生しているのだ。

こんなことは初めてだ。


目が覚めてから、告別式に参列した。

そのとき、姉がいたので、その話をしたところ、ひどく驚いた顔をした。

「私も……」

「姉ちゃんも……？」

二人とも同じノイズを聞いたのだ。弟に火葬場でその話をしたら
「すまなかった。あの離れは、家内が養生していた所なんだ。

家内は、病院に入れる前まで、ずっとあそこで寝ていたんだよ。

認知症では、よく、生まれた場所や故郷に帰るというけど、あいつも認
知症の症状があったのでね。

悪かったよ」

主人が驚いたように言った。

「じゃ、あれは奥さんかい」

「◎▲※□▲○□○…□◎※※▲□▲□※○○□※□◎▲○○□※……」

あのわけのわからない言語じゃない記号を、実は主人も感じ取っていたのだ。

あれは、なんだろう。

「俺にもわからん」

「でも、きっと家内だよ」

後日、介護の経験者に聞いてみたところ、認知症などにクスリが効果を現すときもあるけど、クスリが心身を蝕むときもあるようなので、脳が萎縮して、思考が混濁して、何も考えられず、話せず、イメージもできなくなることがあるらしいとか。

「ひょっとしたら、混濁した意識があなたに伝わってきたかもね？」

「お姉さんも同じ体験したんだよね」

と言われた。

初めての経験で、私たちは、心底びっくりしたのだった。


やっぱり、人は魂なんじゃないかな。

魂がしっかりしていると、幽霊も恐いけど、無意識になってしまって、何も考えられないこんな病気みたいになると、魂もフワフワしているんじゃないのかな。

リハビリ室の壁をすり抜ける

（埼玉県　女性　Yさん）


知り合いのエイコさんは、〝視える人〟だった。

私のうちは農家で、父はかなり広い農地を持っている。私は介護施設で働いているが、エイコさんも同じ職場で、働いていた。

我が家は埼玉の中心なのだが、どういうわけか、近所にはシーサーが庭に置いてあるところが多い。

シーサーとは、沖縄に古くから伝わる守り神。そのもとを辿ると紀元前のスフィンクスにまで至る、とも言われている。シルクロードを経て一三

〜一五世紀頃に伝わってきたようだ。

名前の由来は獅子が訛ったもののようだ。

どういうわけか、沖縄ではない埼玉のわが町にシーサーがいっぱいいる。陶器で作られているから、中は空洞になっているはずなので、台風の時など、飛ばされはしないか、心配している。


当時、沖縄南部の八重瀬町では火事が相次ぎ、町民は途方にくれていた。そこで風水師に相談したところ、獅子の像を作って元凶である八重瀬岳の方角に設置すれば収まると助言を受けたのです。

教えを受けた町民たちは風水師の言う通りに作り、しかるべきところに設置した結果、本当に災いが収まったそうです。

もともと火にまつわる災いから守ってくれる守護神だったのがシーサー

だったのね。

エイコさんは、視える人なので、シーサーについて、以上のような知っている話をしてくれた。


その時に、ついでの話だったが、こんな話をしてくれた。

「リハビリにきていたおじいちゃんが昨日なくなったんだけど、一昨日に、急に暴れだしたんだよね」

「旅立つことがわかって、抵抗したようなんだけど、暴れているとき、すごい黒いモヤモヤしたものが見えた。

それからね、葬儀の日取りがしばらく決まらなくて、結局、葬儀には私達は行けなかったんだけど、告別式が終わって、火葬のときかな、身体がやけに熱くなった」

「あとで、聞いてわかったけど、そのおじいちゃんの火葬の時刻に、私自身が焼かれるような感じで、すごく熱かったのよね」

「それがあったから、神社でお祓いしてもらうことにしたの」

私ね、霊が視えたりするから、怖くて怖くて、運転ができないの。

エイコさんには六人の子どもがいて、子どもたちも、ひょっとして霊の体質なのかもしれないけど、身体中に、アレルギーが出ていた。

ご主人がストーカー気質だったので、離婚したけど、子ども六人を、介護施設で働きながら育てていらっしゃった。


エイコさんは、介護施設のある人のことを考えると、頭が痛くなるとおっしゃっていた。

看護婦さんや、介護施設で働く人の中には、視える人がいるのね。

「病室に入ろうとしたら、白いモヤモヤがみえたり、そのモヤモヤがパーッと出てきて、びっくりするようなこともある」とか。

また、患者さんが、向こうから歩いてきて、自分の目の前で、壁をすり抜けていくなんてことは、結構あるそうです。


霊が視えて、その霊が「リハビリ室の壁をすりぬけた」なんて話をすると、「頭が、おかしいいんじゃないの」とよく言われたそうです。

でもエイコさんは、とても温かい人でした。

「視えたときにはお祓いをする」らしいですよ。

シーサーに、火事の守り神以上の効果があるかどうかは、聞かなかったわ。

3章

霊が教えてくれた……

地獄の釜の入り口

（千葉県　女性　Yさん）

私は千葉の出身。毎年、お盆とお彼岸の前は帰省して、必ず家族総出で草刈りをする。その度に高確率で茂みの中や土に埋もれた無縁仏さんを発見する。

寺の和尚さんにも「またかい」なんて苦笑されるほどだ。

伯母はもともと墓の隣にあった無縁仏さん達のお世話もしてた。私も一緒に、その発見した無縁仏さん達にもお供えや線香をあげたりしてた。

実家の私の部屋は、いわゆる出やすい部屋なんだ。

近所に古くからの寺があって、霊の道と言っていいのかわからないが、そこへ向かう通り道である。

気にしなければいいんだけど、窓の外から視線と気配を感じたり（最初不審者がいるのかと思った）、部屋を影が徘徊したり、寝ていて突然強い殺気みたいなのを感じて跳び起きたりとか、ちょこちょこいろいろなのが来るからちょっと疲れる。

でも心霊現象とかはないし、特に害はないから普通に帰省してるけどね。

そんな実家の部屋が、なぜか地獄の釜の蓋からの通路の一つに直結してしまったらしい。震災後の初盆だったからなのかな。

確か、八月に入ってから部屋や家の外の様子がおかしかった。

市街地で灯りはあるんだけど、暗いというより闇みたいな感じ。

部屋も、明るいのに暗く感じたり、圧迫感というか違和感が凄い。
一番感受性が強い伯母も、
「これはひどい、こんなに凄いとどうしたらいいかわからない」
と困惑していた。
「お盆になったらもっと凄いことになるかもしれないから気をつけて」と言われた。
夜間出歩くのは、感じやすい伯母はともかく、普通の人でも気味悪かったと思う。

お盆の日、真夜中の二四時に向かうにつれて気味悪くなっていく部屋に若干ビクつきながら、床についた。
ところが急に、今までの気味悪さも暗さも何も感じなくなった。

「何が起きたんだ……？」

と思ったら部屋の中に飛び回る無数の人魂。初めて見た。

不思議と怖いって感じなかったし、なぜかこれで安心して眠れると思って寝たんです。

そして何事もなく翌朝。

伯母にそのことを話したら、伯母の夢に数人の見知らぬ男女と子供が出てきてニコニコ笑っていたらしい。

「あなたの部屋にある地獄の釜の入口ね、ある人達（無縁仏の霊達）が塞いで、悪さをする者が入れないようにしてくれてるって」

教えてくれた。

その後、街全体にたくさんの霊気が漂っている感じなのは変わらなかったけど、私の実家だけは安心して過ごせるようになった。

感謝の意を込めて、お盆中は毎日ご先祖の他に無縁仏さんの分も仏壇にお供えした。
そして何事もなく今に至る。
これが私のお盆に体験した話。

やっぱり、自分の先祖じゃないから関係ないとかじゃなくて、近くに無縁さんがあったら損得関係なしにお世話して供養してあげていれば何かあるんだね。次に墓参りに行ったときはお菓子だけじゃなくて、お礼に大きなおにぎりをお供えして来ようと思う。

震災後には、このような話がたくさんあったね。被災され、お亡くなりになった多くの方々のご冥福をお祈りいたします。

ちっちゃい神さまがいる

（埼玉県　男性　Eさん）

うちのせがれが二歳半でよくしゃべるようになったんだけど、実家に連れていくと
「ちっちゃい神さまいるの」って言って誰もいないとこを指差して言うのよ。
姿は見えないけど、母親と姉はなんか気配を感じることがあるらしい。
俺は霊感全くないし、むしろそういうのに対してアンチだった。
俺も嫁も、息子に神さまなんてワードは教えたことない。

おそらく、神さまっていう言葉の意味も理解していないのではないかと思う。

だけど
「神さま」

って言葉を知ってるってことは、たぶん見えているちっちゃい神さまが「自分で神さまだよ」って話しかけたからかもしれない。

「ちっちゃい神さまはどんな服着てるの?」

って聞くと
「虹色のきらきらしたやつ」

ちゃんと形容もできてる。

たぶん二歳児だから本当に見たものしか言い表せないと思う。

やっぱ本当にそういうのいるんだなと思って信じるようになった。

おじいちゃんが泊まりにきた日

（東京都　女性　Sさん）

私がまだ一歳半のころ、一日だけおじいちゃんが泊まりに来てくれました。

おじいちゃんのことはそのときの記憶しかないのですが、母によれば生まれたときからずっと私のことをとてもかわいがってくれていたそうです。泊まりに来たその日も、その翌日もおじいちゃんはずーっと遊んでくれて、私は楽しくて仕方ありませんでした。

おじいちゃんが帰る時間になって、おじいちゃんに「バイバイ、バイバイ」と手を振りました。

中学生になったとき、母とおじいちゃんの話になり、この唯一の記憶を話すと、母は「おじいちゃんは一度も泊まりに来たことないよ」と言うのです。でも私には確かにおじいちゃんと楽しく遊んだ記憶がありました。どこにお布団を敷いて、おじいちゃんがどこにいたかもしっかり覚えています。帰るときに部屋から出ていくおじいちゃんを玄関の方まで目で追って「バイバイ」をした記憶もはっきりとありました。

母によれば、私が小さいころ、一日中誰かと遊んでいるように見えた日があったそうです。

そしてその日の夜中、私が突然苦しがるので、抱き上げると落ち着き、また布団に寝かすと苦しがるということが続いたので、おかしいと思って病院に連れて行くと嘘みたいに治ってしまったこと。

帰ってきてまたお布団に寝かせると苦しがったこと。

その翌日「バイバイ」と笑顔で手を振って、玄関の方を見ていたこと。

そして、その日の一週間ほど前におじいちゃんが亡くなっていたことを聞きました。

おじいちゃんは私のことを抱っこするときに、必ずぎゅーっと抱きしめてくれていたそうです。

夜中に赤ちゃんの私が苦しがったのは、きっとおじいちゃんが添い寝をしながら私をぎゅーっとしてくれたからだ、と思いました。

母はとても驚いていましたが、私にとってはおじいちゃんと楽しく遊んだ、たった一つの大切な記憶です。

先輩の匂い

（北海道　女性　Eさん）


息子に重い心臓病があるとわかったのは生まれてすぐのことでした。

産前の検査では何の異常もなく、出産も分娩台も間に合わないのではと思うほど、超のつく安産だったため、まさに青天の霹靂《へきれき》。

心臓に穴が開いているのが見つかったのです。

場所によってはふさがるケースもあるけれど、息子の場合は場所がよくないので、恐らくふさがることはまずあり得ないだろう。しかもなるべく早いうちに手術をしないといつ心臓が止まるかわからない、と言われました。

里帰り出産だったため、二歳になる長女を実家に預け、息子と二人で大学病院に入院する日々が始まりました。

心臓が弱い息子はミルクも母乳もうまく飲めず、日に日に体重が落ちていくばかり。スポイトでなんとか飲ませ、手術に耐えられる体重になるまで、とにかく生きて！　と毎日祈るような気持ちで過ごしていました。

そんなある日のこと。

出産したことと、そして息子の状態を、大学時代にお世話になったサークルの先輩にメールしました。

すぐに先輩からメールが届きました。

「お前は親なんだから絶対に泣いちゃダメだぞ。がんばれよ！」と優しく励まし続けてくれました。

とても面倒見のいい先輩で、卒業後は東京の企業に就職しましたが、地元北海道の後輩たちからとても慕われている人でした。

一カ月ほどして長男の体重もやっと少し増え、いよいよ明日が手術という日の夜、病院のベッドで寝ていた時にふと先輩の匂いがしました。

「あ、先輩だ〜」

とぼんやり思ったことを覚えています。

そして翌朝、術前最後の検査をしたのですが、なんと心臓の穴がふさがりかけてきているとのこと。

その前の検査では兆候すらなかったのに、まさに奇跡が起きたのです。珍しいケースにいろいろな先生方が次々と息子の検査結果を見にくるほどでした。そして、これなら手術をしないほうがいい、と主治医に言われ、無事退院となりました。

長女の待つ実家に戻ると、ちょうど大学のサークルの友人から電話が入りました。

「先輩が、がんで亡くなったよ……」

「えっ、どういうこと？」

会社の健康診断でひっかかり、検査入院をしたとは聞いていましたが、つい一昨日もメールをしたばかり。まさか亡くなるとは思っていませんでした。最期まで自分の病気のことは何一つ私に知らせずに、ただただ私を励まし、息子の心配をしてくれていた先輩。

このとき私は、息子の病気は先輩が病院まで治しに来てくれたんだ、と確信しました。

お陰で息子はその後再発することもなく、とても元気に暮らしています。

東京に行くときには先輩のお墓参りに行き、家族の無事を報告しています。

お母さんの霊界通信は人魂《ひとだま》？

（長野県　女性　Kさん）

実の母が病気で四〇代の若さで急逝し、二年後にやって来た継母は、さらに若かった。三五歳くらいだった。

その、継母が先日死んだ。七五歳であった。

継母が死んだとき、それは葬儀のときだったけど、兄と私と妹は、人魂を見た。火の玉みたいにゆらめいていた。

屋根の少し上に、その人魂は浮かんでいた。

最初は怖かったけど、しばらく見ていたら、懐かしい声が聞こえてきた。

まさしく、継母の声色だったの。

「あれは、かあさんだよね」

妹が言った。

兄と私は、そうかもしれないと思った。

小さい頃から、地元では、人魂を見る人が少なくなかった。

ごく自然に、

「人魂はある」

と思っていた。

信じるというより、ごく自然な現象と思っていたわけ。


私は、継母が父と結婚した当時、高校から大学に進んでいたので、継母と合う機会は少なかった。継母は宮城にいて、私は東京で暮らしていたから。

接点は、夏の休暇とお正月くらいであった。

その継母が、実は霊媒師だった。

私が社会人になって今の主人と結婚する頃には、継母の許には、たくさんの訪問者がきていたわ。

「いつ、どこでそうなったか?って」

いつも継母の近くにいた兄によると、

「羽黒山や、湯殿山で修行をした」

「そこにえらいお師匠さんがいて、車で通った」

そうなんですって。

当時は、女性が車の免許を持っていることが珍しい時代だったけど、なんと継母は「大型特殊免許」なるものを持っていた。

これはブルドーザーなどを運転できる免許で、それこそ女性が持っているのは珍しかった。


「霊界通信が知りたい？」

そうね、霊界通信は霊媒師みたいなことらしい。


とにかく、相談事がひっきりなしね。

「家のこと」

「ご自身のこと」

「病気のこと」

その都度、色々な話を聞くわけね。

アドバイスとして、
一、方角に障りがあるということ。
二、それを取り除くこと。
三、その方法が塩と供物（お酒など）

一つだけ、よく覚えていることがあるの。

遠方の方だったと思う。新潟か山形だったか？

「なにか良くないことがいつも起きて」

「どうしたら、いいんでしょ？」

こういう質問だった。

継母は

「東北の方角に、たぶん物置小屋がある。

そこに、黒いものに包まれているものがあるので、
それを処分しなさい」

実際、その黒いものの中身がなんだったかは、聞けなかったけど、その方は、物置の黒い物体を本当に見つけて、処分したんだって。

それからは目に見えて、元気になり、継母の所にお礼参りに来ていたわ。

「継母にとても感謝している」ということを後から聞いた。


継母は、霊媒師だったので、死んでからは、我々に人魂でメッセージを伝えたのかもしれない。怖いというより、懐かしい感じだった。

今も、困っているときに、ときどき温かい波動を感じることがある。

「お母さんなりの霊界通信なのかもしれないね」

「暖かな波動を送ってきてくれる」

人一倍泣き虫の妹が時々、そう言うのだった。

おとうさん

（東京都　男性　Eさん）

父が闘病の末に亡くなったのは五月でした。

新盆も済ませた夏の終わり、出勤しようと駅まで歩いていると、一匹の赤とんぼが私が歩くペースと同じペースで隣を飛んでいました。実家のある田舎にはたくさんいますが、都会に赤とんぼなんて珍しい、と思いながら会社に向かいました。

翌日、また駅までの道で赤とんぼが昨日と同じようにやってきました。

「おとうさん」。

赤とんぼの方を見て私の口から出たのは意外な言葉。自分でも驚きました。

とんぼを父だと思っていたわけでもないのに、自分の口からは「おとうさん」という言葉がとんぼに呼びかけるように自然と出たのです。

赤とんぼは、私の声を聞くとすぅーっと飛んでいってしまいました。

面倒な子ども

（沖縄県　女性　Yさん）


親友の小中きょうこさん（仮名）は小さい頃から感受性が強いと言われていた。家族中から、親からさえ、面倒な子供と思われていたらしい。

彼女が小さい頃、突然、高熱を発してなかなか下がらないことがあった。お母さんが、知り合いの拝み屋さんを連れてきて、みてもらったところ、どうも、霊が来ているらしいとのこと。

きょうこさんは感受性が強いだけでなく、彼女も、拝み屋さんと同じで、霊体質のため霊が見えた。

「兵隊がきている」

「日本兵だ」

「なんて言っているの？」

「家に帰りたいから、帰してくれ」

と言っている。


他の人は、なかなか信じない。

でも、自分には視える。そのジレンマはある。

「視えているものを、何とかしないと」

母親が折れてくれた。

「あそこの辺り」という感じで、中指で指し示したところを家族と近所の人たちで、掘り起こしてみた。

おじさんとおばさんも立ち会ってくれた。

人骨は出なかった。

でも、水筒がでてきてた。

「○○師団」と水筒には書いてあったので、出身がどこなのか調べてわかった。

「群馬の人だった」

その水筒を県が仲介して、持ち主のお宅に送ったのかどうか、それはわからない。しかし、それから霊は出なくなったという。

かれこれ六〇年くらい前の話だという。

4章 こんな夢を見た……

激励されてこの世に生まれて来た

（埼玉県　女性　Nさん）


もう二〇年以上前のことなのですが、とても鮮明な夢を見ました。

その夢というのは、夕方近くなのか、西陽の眩しい、風そよぐ広い校庭のような所に、それはそれはたくさんの方が集まっておられまして。

校庭中央には、話をするときに上がる台とマイクがありました。

私は話をするために、その台の下で数人の順番待ちをしてました。

そして順番が来て台に上がり、話し始めました。

実のところ、自分が何を喋ったか詳しくは覚えてないのですが、

「この度、生まれることになりました。少し不安もありますが、それ以上

に、とっても楽しみな気持ちでいっぱいです！　地上の皆さまのお役に立てるように頑張って参ります‼」

というような、私があの世で一緒に住んでいた村？　の皆さんに、地上に生まれることの決意表明であったかと。

そうしたら、聞いていた方々が、それぞれに、

「頑張れ～‼　こちらから応援してるからね～‼　困ったことがあったら祈ってね。あなたには、これだけの応援団がついてることを忘れないでね」

などと、本当に温かい、たくさんの声援をいただき、この世に生まれてきたという夢でした。

目覚めたときも、あまりのリアルな感じに夢なのか、現実なのか、戸惑った感覚を覚えております。

今でも、少し落ち込んだり、つらいときなどにこの夢を思い出すと、心にあのときのみんなの温かい声援が響いて、ふつふつと元気が湧いてきて、「よ～し、頑張ろう！」と思えるのです。

三日、さようなら！

（埼玉県　女性　ＹＳさん）

三年前に母が亡くなったときの話です。

母は八七歳ですが、これまで病気という病気もなく、編み物で自分のスーツを作ったりとても元気に過ごしていました。

最近、お腹が少し痛いときがあるとのことで、母と一緒に久しぶりに病院にいきました。

検査の結果、膵臓に大きなガンがあると言われて、母と二人でびっくりしてしまいました。

お医者さんからは体力のあるうちに手術をと言われましたが、もう手遅れで、本人は手術を望みませんでした。
私は急なことで、何とかもう少し長生きして欲しいと思っていましたが、
不思議な夢を見ました。
私が夢のなかで、
「何とか母を助けてください！」
と言っているのです。
すると女の方（天使なのかな？）が、お迎えの方を選んでいます！
亡くなるまえに、家族などがお迎えに来ると聞いていたので、やっぱり
ダメだということなのかなあ？
それからしばらくして、また、夢をみました。
やはり先日の女の方に、
「三日、さようなら！」

と言われました。

私は、病気を知ってから五カ月がたっていましたので、あと三日でなくなるのだろうか？　と心配しました。


それから母の容体は一進一退して一カ月後に亡くなり、お葬式が終わって二、三日たち、気がついたら七月三日でした。

母は我慢強くて頑張り屋さんだったから、予定より少し遅れたのかなあ！　それとも、少し早く逝ってしまったのかな。どっちにしろ運命だったんだなあ！　と。

生前の母に感謝し、向こうの世界で元気に暮らして欲しいと祈りました。

その後、母はまた、夢の中で
「洋服がないから困ったわ！」

「あちらの世界で元気にやっている」

ことなど、知らせに来ました。

私は遺影の前にお水と洋服をお供えしていました。

仏教では魂が永遠だと聞いています。

それを信じさせてくれる出来事でした。

百ぺん、唱えなさい

（群馬県　男性　Kさん）

「父ちゃん、炭が落ちないよ」と井戸端で鍋底を磨いていた私は、指も爪も真っ黒になって泣き声で夢の中の父に言いました。

そんな私に、父は「百ぺんも擦《こす》れば、きれいになるじゃねえか」と言って、実に手際よく底をピカピカにしてみせ、サッサと引き上げてしまいました。

私は、百なら何とかなるかと、数えて磨きました。それでもきれいにならないので、もう一度百。さらにもう一度百、磨きました。

すると、鍋底はきれいになりました。

きれいになった鍋底を見て、私の中に「百」が棲みついたのです。

こうして、十二歳のときから「百」とのつきあいが始まりました。

書けない文字は百回書き、母の背中も百回もみました。

百歩行ってまた百歩。

うまく作れないものも百回作ると完成に近づいてきます。


昔は、百叩きとか言ったっけ。百点満点、百人力、百姓など言葉も多彩で百人一首、百貨店、お百度参り、百日紅、百面相、そして百科事典。

若いときにはハンカチを百枚集めました。鉛筆も百本。ビー玉も百個と気がついたら集めに集めていました。

結婚して子どもが生まれ、子供とお風呂に入るときも必ず百を数えたものでした。石段も百まで登った。なんでも百まではガマンする心構えができたのです。

私の日課は、庭に出るたびに草を百本抜くことです。
いまでも、百の不思議に魅せられている私です。
何とか百歳の声を聞きたいものだと願っています。
天国にいる父さん、「百」のきっかけを、ありがとう。
「百歳、健康」、百ぺん唱えています！

そこが違うよ

（北海道　男性　Nさん）

ちょっとした夢の中の話。

その頃、私は仕事が忙しくて、眠る間もなく建築デザインの仕事（完成予想図を描く仕事で、室内のデザインなどもやっておりました）で、毎日悪戦苦闘していたところです。

今から四〇年ほど前のことです。

実は、もうこの頃には、江戸の町並みの絵をかなり描いておりました。

しかし、展覧会で売ることもせず、ただただ描いている時期でした。

その頃、私は「浅草寺・雷門と仲見世」の絵を描こうとしていた時です。

当時は今より資料も少なく、市内の図書館等を走り回っておりました。しかし札幌の図書館には、浅草寺などの資料は少なかったと記憶しております。それでも、八日間位で仕上げて、でき上がった絵を何度も見ていました。

その夜、少々疲れて風呂に入り、少し早めにベッドに入りました。すると夢の中で誰かの声が聞こえてくるのです。

「お前、そこは違うだろう。もう一度調べなよ」

という声が聞こえてくるのです。

死んだお袋が、夢の中で言ってるのです。

「そこが違うよ」という意味は、私の描いた「浅草寺・雷門と仲見世」の作品のことを言っているのです。

夜中の三時ごろでした。

二日後に、浅草寺の事務所から資料が届き、改めて見るとやはり私の間違いとわかりました。

ただ浅草寺から送られた白黒のコピーは、ひどく画質が悪く、解読に苦労したものでしたが、亡母が夢で指摘してくれていた箇所なので、すぐにわかり、描き直しました。

母親が、あの世から私の絵を今も見ていてくれているのだと、その時、すごく嬉しくなりました。

母が、「間違っているよ」と言ったところが今も忘れられません。

江戸生まれ、江戸育ちの母や叔母たちの遊び場は、雷門や仲見世だったのです。幼い頃を東京で育った母は、今も昔の東京風景を覚えているのでしょうね。

私には不思議な体験でした。

書家の方に同じような話を聞いたことがあります。

「然」の字を書く時に、《犬》の字の左払いと右払いが、同じ水平線上になってはいけないという「書き方」をしていた時、「それは違う」という声がして書き直したということです。大人に教える教え方と、小学生に教える教え方では違うということを思い出したそうです。

モクモク

（三重県　女性　Fさん）


一カ月ほど前、親しい友人のTさんの霊をみた。

彼女は以前、埼玉県に住んでいたが、老夫婦だけの暮らしになり、不自由を感じたのかしら、娘さんと暮らすと言って、愛知に引っ越していった。しばらくお会いしていないので、会いたいなと思っていたのよ。

これまで何回かボンヤリと夢らしきものを見たけれど、はっきりと見たのは一カ月前のこと。

私が、彼女を尋ねて行った。

そこは大きな会館、社交場みたいなところだった。

立派な会館の中に彼女はいた。

たくさんの人々がロビーのようなところにいた。

だけど、人からはみなモクモクと煙が出ている。

よくみると、建物だって、立派に見えていたが、なにやら灰色がかっており、薄黒いのだった。

炙ったりすると、くすんでくるでしょ。

あんな感じ。

建物が炙られているのよね。だから、よくよくみると、建物の中から、モクモクと煙が出ているのよ。

そして、そこにいる人からもモクモクと煙が出ている。

受付があったので、○○さんに会いたいから、取り次いでくださいと言ったのね。

でもね、凄く待たされるの。そしてね、

「どんなご縁ですか」

「ご友人?」

やはり取り次いでくれないの。

でも、なんとかオーケーが出るのよね。夢だから。

次のところに、スーッと通される。


Tさんは、今は生きていたら八〇代半ば。でも、先日なくなったそうだから、どんなかしらねと思っていたの。

そしたらね、とても若い女性がやってきたの。

三〇代か四〇代のはじめかしらね。

服はね、黒なの。

しかもね、胸のあいた黒い服。

その色っぽいことと言ったら、ネェ。

女性は、人によっては、四〇代の後半、いや五〇代からよく楽になると言われているけど。やっぱ生理と関係あるかもしれない。

諦めが早くなるのが、この年頃かしらね。

世間ずれが重なってきて、もういいかという年頃、夢がなくなる年頃、それが五〇代から。

でも、Tさんをみていると、四〇代のはじめかしらね。

目立って、綺麗だわ。

はっきりとしていて、美しい姿。

隣にはご主人がいるはずなのに、他の人と同じで、黒っぽい。

なのでね、確認が取れなかったの。

どういうわけか、そこにいる人はみな、黒っぽいのよ。

黒ずんでいるのね。

私はTさんのことが心配になって駆け寄ったんだけど、彼女は座っていた椅子がガラガラと崩れ落ちて、倒れてしまったの。

Tさんを、支えている周りの人も右側に集まっていて、全員黒い。

外観は立派な会館だったけど、中に入ると、みなモヤモヤと煙を発している。


ここは病院なのかもしれない。

しかし、あまりに暗いので、この建物ごと、どうにかして明るくできないものか、考えていた。

Tさんのご家族の誰かが、何か騒いでいて、葬儀の後も、ご親族が清らかな心境になっていないのかもしれない。

そんなことを感じさせる夢をみました。

怖い初夢

（東京都　男性　Tさん）

時刻は六時だった。

時計を見て、夢から覚めたと思い、僕はもう眠る気を失い、新聞を取りに出た。するとちょうど、朝の新聞配達と出会って受け取る。正月だから、やたらと紙数が多く重い。

ふと目についた記事があった。

ルーマニアの伝説として次のような話が載っていた。

人間が天地創造の時、作られた寿命は、三〇歳だった。そのかわり、言語、両足で直立することを許された。しかし人間は「かっこよくても、三〇年じゃつまらない」と思っていた。

次にロバが呼ばれて

「お前は苦労してムチ打たれ、粗食し、重荷を背負わなければならない。寿命は五〇年」

と言われ、ロバは

「そんな目に逢うのだったら、二〇年いりません」

人間はその二〇年を横取りした。

次に犬が呼ばれて

「お前は骨をかじり、人間を守り、月の影を見ても吠えろ。寿命は四〇年」

犬は飛び上がって

「骨をかじり、骨折って、四〇年は長すぎます。二〇年で結構です」

人間は犬が言い終わらないうちに、犬の二〇年を引き取った。

最後に猿が呼ばれて
「お前は背が曲がり、いつも笑われる。寿命は六〇歳」

がっかりした猿は半分で結構ですと辞退した。人間は三〇歳を譲り受けた。

そのため人間は、三〇歳までは苦労知らずだが、五〇歳まではロバのようにあくせく働かなければならなくなり、七〇歳までは人の影を見ても泥棒と思って、大声を出し、七〇歳を越せば背中が曲がるようになってしまった。

そんなことが書いてあった。

すると、五〇歳になった僕は、ロバのようにあくせく働く年になったということか。

それから七〇歳になれば、腰が曲がるのか。

それが最初の夢だった。はなはだ不気味な夢で今年は始まった。

次に、夢の中に突如一人の男が現れた。へなへなの登山帽をかぶり、レインコートを着た男が、僕の書斎の真ん中に立ち、この家で先住者の弟が交通事故で死んだと思ってるかもしれないが、確かにそれはそうなのだが、もう一人自殺をしているものがいるのだ。その者は首吊りをしたのだが、死に切れず、刃物で血管を切ったために、このあたりは血の海だったと周りを指差した。

僕がその声にゾッとして眺めている間に、男は消えていた。しばらくすると、僕はこの二階の部屋を片付けている。あたりは散乱していて、僕もようやく片付け終わろうとした時、二、三人の痩せた男の子たちがやってくる。

その先頭に立っている見知らない、片手に棒を持った子供に、もうあまり汚さないでくれよと言うと、とぼけて行こうとするので、腕を捕まえ、頼むよと念を押すと、その子供は持った棒で目を刺そうとする。

刺されたら大変と思い、その腕に噛み付くと、その子供の背後から伸びてきた大人のような手が、僕の脇腹をくすぐる。くすぐりながら、強くつかみ上げる。

かなりな握力だったので、僕は飛び起きた。

時刻は新しい年の六時だった。


こんな夢ばかり見た新年は、一体どんな年になるんだろうと、しばらく寝床でドキドキしたが、「困った時の神頼み」である。

近くの神社で、しっかり初詣をしてこようと、密かに決めたのだ。

おばあちゃんが怒ってる!

（東京都　男性　Aさん）

祖母は私が三〇歳になる少し前に亡くなりました。

我が家は家族が多く、末っ子だった私はおばあちゃんにかわいがられて、ほとんど怒られた記憶がありません。

おばあちゃんが亡くなってから、たまに夢に出てくることはありましたが、他愛もない日常の延長のような夢ばかりで、おばあちゃんの夢を見たなあと思うだけで、特に記憶にも残りませんでした。

でもその日の夢に出てきたおばあちゃんは違いました。

何やらとにかく怒っているのです。そんなに激しく怒られたことがないだけに、その日の夢は目覚めても記憶に残りました。

朝起きて用事があったので実家に行くと、兄の知り合いが泊まっていました。何でも昨晩飲みすぎて、兄と一緒に実家に泊まったというのです。

「どこで寝たんですか？」

と聞くと、おばあちゃんの部屋でした。

これを聞いて「それでか！」と納得がいきました。

おばあちゃんは酔っ払いが自分の部屋に泊まったことに腹を立てていたのです。私のおじいちゃんは毎晩晩酌をしては酔っ払い、おばあちゃんはそのたびに怒っていました。おばあちゃんは酔っ払いが大嫌いだったので、自分の部屋に泊まったことがどうにも許せなかったのでしょう。

私は怒られていたわけではなく、おばあちゃんの小言を聞かされていたのでした。

のっぺらぼう

（神奈川県　男性　Mさん）


私は、怖い話は経験したことがない。

というのは嘘。

今から五〇年以上も前のことだが、記憶に鮮明に残るあることがいまも、念頭を去らない。それは、高校生の友人たちと登山に行くことになった時のこと。

「ちょっとだけ肝試し」旅行である。

仲間数人と語らって、九州の中部にある市房山に登ることになった。

知っているだろうか。

九州の高い山ベスト一〇のうち八位までは、九州ではなく屋久島にある。いちおう、少しは山のことも知らないと危険なので、集められる情報を集めておいた。その頃はコピー機もなかった時代のこと。手書きの紙を持って登った。

皆は、めいめいに水筒と握り飯を作って来ていた。

水筒には水を入れて来ていたが、途中の湧き水が冷たくて美味しかった。

我々は、登山道をなんとか迷わないで、山頂まで登ることができた。四時間くらいかかったかな。

見晴らしの良いこと！　遠く霧島が見えた。

仲の良いY君と、霧島を指差したことを覚えている。

それから、持ってきた菓子を食べた。昼ごはんは、登ってくる途中で食べていた。

少し休んだので、心も身体も整ってきた。

降りようかということになった。

途中でY君がお腹の調子が悪くなって、そわそわし始めてきた。

「どがんしたんね」

「腹ん、痛かあ」

「トイレはなかばい」

「どがんしよかね」

そうこう言っているうちに、眺めが良かった頂上付近から、少し樹木が生い茂ったところまで降りてきた。

「ちょっと、待ってくれんね」

Y君は林の中に分け入っていった。そのとき、彼も私もティッシュの持ち合わせがなくて、私の手持ちの紙を渡した（地図の紙だった）。

しばらくすると、Y君は帰ってきたが、雲行きが少し怪しくなってきた。

「いそがんば」

みんな少し早足になって降り始めた。だが、やはり真っ黒な雲が上空を覆い、雨がポツポツ降ってきた。ちょうど、その頃である。道の分岐点に出た。しかし、そこに道しるべがあるはずなのに見当たらなかった。

われわれは、山登りというか、自然を少し甘く見ていたのかもしれない。前より少し急いで降りてはいたが、暗くならないうちに帰り着けるとみんな思っていたので、どっちに行っても大したことはないと高をくくったのだ。

「迷った」と気がついたのは、登り始めたところまで戻らないうちに、暗くなってきたからである。みんな、かなり顔が引きつっていた。

暗い中を、しばらく歩いたところで、道がまた、分岐していた。

でも、そのあたりが妙に明るい。
「家があるよ」
みんなは躍り上がって喜んだ。
でも、待てよ。
僕は、この情景を以前どこかで見たことがあると、思い出した。
夢の中？　いやいや、そうじゃないな。
不安はつのるのだが、思い出せない。

……………………………………

「いかんば」
Y君が言った。みんなは駆け足になって、走った。
民家は平屋で、雨戸はまだしめられていなくて、障子もなく、がやがや
と話し声が聞こえる。人がいるのだ。

「よかった」

友達がホッとしたように言った。

だけど、不安は募る。

「こんばんは、あのー、誰かいらっしゃいますか」

玄関から声をかけたが、誰も来ない。

みんなで庭の方に回り、家の中が見えるところまで行った。

数人がお酒を囲んで、何か話しているのが見えた。

でも、みんな後ろ姿なんだよね。

わたしは、急に思い出した。

(のっぺらぼうだー)

ともだちは、不思議な顔をして、私を見たが、私は、もう、そこを一目散に飛び出していたのだ。もちろん、うしろから、全員がついてきているものと思った私は、振り返ったら、Y君だけだった。

「のっぺらぼうなんだ、あれは、のっぺらぼうの家なんだ」

と早口に言った。

するとY君は、くるっとうしろを振り向いた。

何かうしろから追いかけてきているんだろうか。

私は不安になった。

「Y君！　どうしたの」

「ひょっとして、それはこんな顔だった？」

といって、Y君が振り返った。

彼には目も口も鼻さえもなかった。

「ぎゃーッ」

私は、大声を上げて、失神してしまった。

そして、そこで目が覚めたのだ。

これは私が市房山に山登りして、山頂でうとうとしていた時見た夢の話である。

いまも、実際あったことのように、思い出せるので、本当のことだったんじゃないかと思っている。本当に怖かったんだ。


市房山（いちふさやま）は、九州山地の南部にある山。標高は約一、七〇〇mほど。熊本県水上村・宮崎県椎葉村・西米良村にまたがる。

登山は年中可能であるが、積雪のある一二月から二月、夏の七・八月を除いた期間がシーズンとなる。日帰りで行ける。

5章　不思議や不思議……

守護霊はいる

（埼玉県　男性　Sさん）

「あなた強情っぱりね」

人にもよく言われるが、自分でも、最近よく思う。

七〇歳の半ばで脳梗塞になって、半身不随になった。比較的、症状は軽かったので、リハビリすれば回復する可能性もあるからと、リハビリ病院で、リハビリをすることになった。

辛い、辛いリハビリだ。

先生が三人ついた。

一人は、口の先生。

ロレツが回らなくて、思うようにハッキリとした言葉にならないので、その訓練。

二人目は、手のリハビリの先生。

よく、大豆をつまんで、リハビリするとかいうけど、俺の場合も大豆つまみをよくやった。

三人目の先生は、身体全体のリハビリの先生だ。

毎日、辛くて、もうやめたいと思うことが何度もあった。ある日、どうにも辛くなって、誰かに答えを求めたくなった。グチを言うようなつもりだった。

それで、よく、守護霊の話を人から聞いていたので、もし、自分に守護霊がいたら、どうなのかと思って、半分グチのつもりで聞いてみた。

「守護霊さん、守護霊さん。もし、いるんだったら、教えてください」

「俺はリハビリが辛い。なぜ、俺はこの病院で、リハビリしなくちゃならないのか？」

　すると、驚くようなことが。

「お前さんは、強情っぱりだ。全然、素直じゃない」

「お前は、素直になるために、ここにいるんだよ」

と、腹の底から響くような声が聞こえてきた。

驚くと同時に、涙が、ぽうーっと出てきた。

守護霊はいるんだ。

見守ってくれているんだと、思えた。

ベッドのお札

（大阪府　女性　Fさん）


私の祖母の話です！

亡くなる寸前に、私に娘が産まれました。

祖母が孫を待ち焦がれていたので、最後の別れにと祖母が入院している病院に見舞いにいき、その後実家で養生をしていました。

ある日のお昼頃のことです。急に窓ガラスがガタガタと音をたて、そばの和箪笥の引き出しの重い紈《かん》がバンバンと音をたて、動いています。

テレビはザーッとした映像で見れなくなりました。あまりの怖さに子供達を抱き抱えて震えていましたら、電話がなり、祖母が今、亡くなったと連絡がありました。

それから葬式がありました。

祖母があの世にどんな着物で旅立ったのか知りませんでしたが、その着物をきて夢に現れ、

「これから、私があの世に居てるところに連れて行ってあげる」

と言われました。その時は、色留め袖のグレーの着物姿でした。

(後に、祖母の遺体に着物を着せた叔母に尋ねたところ、着物の色やデザインがまるっきり同じで、叔母自身がビックリしていました)

そして、私は山から山を仙人みたいに飛び回って、祖母がいるところに着きました。

と、そこには祖母によく似た人が何人もいるのです。

祖母は、私に
「これからは、ここにいるからもう帰りなさい」

と言われ、私はあっという間にもとへ帰ってきました。

そんな不思議な話があった後日談です。

わたしは、どうも見えない世界からのご招待が多いのか、次のようなことが起こりました。

台湾に旅行に行って、帰国後のことです。

夜中の三時になると、幽霊がやってくるのです。

窓やタンスがガタガタ音をたて始め、そして、その後だんだんと怪奇現象が現れます。ひどい時には、三〇センチぐらい宙からベッドに叩きつけられます。

それがあまりに激しいので、ついに友人に相談することにしました。

彼女は知り合いの拝《おが》みやさんを紹介してくれました。

相談のために、我が家に来てもらいました。

拝みやさんと相談していると、何か気配を感じたらしく、寝室におまじないのお札を張り、お経を唱え始めました。

何でも、台湾旅行の際に、第二次世界大戦の時に戦死した日本の若い青年が、私を気に入り、台湾から私についてきたそうです。

未だベッドにはお札が貼られてます。

とても怖い思いをしました。


日本人の霊には、このようにポルターガイストみたいな現象は起きた例が少ないようですね。どちらかというと、外国の霊に多いようです。

ひょっとしたら、日本人の霊ではなくて、外国人の霊かな?

京都で、おみくじ三回続けて凶を引く

（北海道　男性　Nさん）

これは、私と家族で京都へ行った時のことです。息子夫婦、娘夫婦そして孫たちで三泊四日の京都の旅でした。

旅の三日目だったと思いますが、この日が最終日で、明日は三家族ともバラバラになります。

息子夫婦は千葉へ、娘夫婦は大阪へ、そして私たちは札幌へ向かうことになります。午前中に、最後の目的地清水寺に行きました。そこでみんなでおみくじを引くことになりました。

私が多分一番最後に引きました。

気軽に引いたおみくじが「凶」でした。私は「凶」など今までどこの神社でも引いたことはありません。

少々首をかしげ、二度目を引くことにしました。すると、またしても「凶」でした。えっ、ということで、多分私も家内もびっくりした顔をしていたと思います。

えー、今一度。三度目を引くことになりました。

すると、なんとこれも「凶」でした。

これはまずい、私は正直真っ青でしたし、家族の者達もなんだか驚いた顔をしていました。正直それまでの人生でおみくじを三度引いてすべて凶なんてことはなかったのですから。

考えてみたら、おみくじを三度続けて引くなんてこともありませんでした。

私と家内はぼう然としました。

こんなことってほんとにあるのかと。旅を一時中止しようかと本気で思いました。

そしてなんと、「えーい、ままよ」とついに四回目を引くと、「末吉」がでました。それでも末吉です。「吉」ですらありませんでした。

しかしながら、これには正直ほっとしました。家族は皆、怖がって、笑顔が凍りついていました。

何とか、札幌の我が家に帰ってきてほっとしました。それから数日後、夜寝ていると、ガキッ、ガキッと金属の触れ合う音がするのです。

暗い闇の中を見つめていたら、その音は私の方へやってきました。

振り返ると私の後に、身長六〇センチ位の金無垢の大黒様を先頭に、七福神がいずれも金無垢で、ガチャガチャとまるでロボットのように私の後にやってくるのです。

そこで目が覚めました。後にも先にもこんなことは初めてでした。

あの三度の凶を引いた後だけに、ドキドキしていたのですが、私の最悪の凶は消えてしまい、そして、黄金の大黒天と七福神が来てくれたのだと素直に思うことにしました。

それからしばらくして、私は自分自身の運命を切り開いてくれた三人の貴人と出会うことになりました。

これが三度の凶に出会った後の出来事です。


「凶」は、備えさえあれば、「大吉」に転ずるのだと、この時に理解したことです。

運命は心がけしだい。自ら切り開くものなのですね。

異界への入り口

（東京都　男性　Kさん）

借家というのは、どこにワナがしかけてあるか知れたものではない。僕は六年前には、借家に住まっていた。色々なことがあり、家を新築し、あと二カ月で借家住まいに終止符を打とうとしていた。

その家は終戦直後建てられ、継ぎ足しが行われた所が、みな具合が悪くなっていた。玄関に入ってすぐに応接間があり、廊下でつないで、居間という具合になっているのだが、この廊下の南側にお手伝いさん用の部屋を建て、さらに居間の上に二階を作ったのだが、そのために雨漏りがしやすい構造になってしまっていて、特にお手伝いさんの部屋は、僕らが入った頃には、既に湿気で使い物にならなくなっていた。

仕方がないので、ほとんど使わない道具とか、まあ二度と読まないだろうが、捨てるには惜しいというような本とかを入れ、除湿器を回しっぱなしにした。

最初の一カ月間と梅雨時は、一日でタンクに水がたまった。

そういう自然現象はいたしかたないのだが、誰が仕掛けたのか、先住者が仕掛けたのかはわからないが、とにかく意地悪なワナがはり巡らされているのには、きりきり舞いさせられた。

そのワナとの戦いで疲れきってしまった。

僕は一階の居間に寝ていたのだが、北側の足許の所に、大きな袋戸棚があり、その上に、先住者は交通事故でなくなった弟さんの位牌を置いていたのだ。

　ある夜、奇妙な呼びかけがあり、飛び起きてみると、位牌が置いてあった棚の下、ちょうど袋戸棚の前あたりに、茶室にある躙口《にじりくち》のような奇妙な入り口が見えた。

　その入り口からは、とてつもない空間が広がっていて、その門をくぐったら最後、戻ることができないような予感と怖れがあり、思わずふるえた。

　しかし、怖いもの見たさで、門をくぐってみたいという誘惑もあったが、かろうじて、くぐったら何かよくないことがありそうだと自身をおさえた。

　これと同じような門は、映画の撮影で熊本に行った時に旅館で見た。熊本城の脇にある旅館だったと覚えている。

　部屋に入って、休んでから一時間ほど経った頃だと思うが、いきなり首を絞められ、僕は飛び起きた。

　足許のあたりに、借家で見たのと同じような、門だか、入り口だかが口を開けていた。

この時も、その門をくぐりたいという欲求につき動かされそうになったが、それをくぐったら異次元の世界に行ってしまい、二度と戻れないような気がしたので、懸命にこらえてしまった。

僕は相当臆病者に違いない。


妻の寝室は、二階だったが、引っ越してから一週間ほどは、死人やら、不思議な死に場所の夢ばかり見せられたという。

この借家の思い出は、いまも気分が悪くなる。


茶室にある躙口＝外のけがれを躙口を通ることで落とす、地位・身分の高い人でも頭を下げさせる、という目的で作られた。

ちょっと怖い先祖供養

（宮城県　女性　Mさん）


ある密教系の新興宗教に入信していた頃の話です。

日頃、なんとなくうまくいかないこと、体調不良、運気がない、対人関係で悩んでいるなど、もやもやしていた頃のことなのです。

「先祖がさわりを起こしているのではないか」

「成仏していない先祖がいるのかも」

と思って（他宗でも、同様なことを言われていたので）、私も先祖供養してあげた方がいいのではないかと、入信していた密教系の新興宗教での先祖供養を申し込んだ。

供養は一カ月くらい先と言われた。

そして、供養の日が一週間後に迫ったある日のこと。

寝入りばなに、木が割れる「バキーン」という音とともに、煙がワァーッと集まって、人の顔になった。

女の人、二人のようだった。

そして、親しみのある聞き覚えのある声で（特定の誰かというわけではないのだが）、

「助けて～！」

という声が聞こえた。瞬間的に身内だと思った。

私は、その二人に向かって

「私では助けられない」と言った。

するとまた、もう一度、

「バキーン」と木の割れるような音がして、私は目が覚めた。

それで、私は思った。

もしかして、申し込みしていた先祖供養は、してはいけないのではないかと思ったのだった。

それは、供養の仕方によっては、逆に先祖を苦しめることもあるという話を聞いたことがあったので。

先祖がこの供養をして欲しくないと思って、現れたのではないかと思ったのだ。

それで、すぐに先祖供養を取り消してもらった。

それから数年経つが、あれから先祖は現れていない。

最近では、先祖供養については、

「自分の心と行いを正しつつ、先祖に感謝の思いを手向ける」

のが正しい供養ではないかと、考えるようになった。

地球が太陽に呑み込まれる

（埼玉県　女性　Tさん）


私は、小さな頃からよくＵＦＯ（未確認飛行物体）を見たわ。

はっきりと見た最初は、故郷の秋田の山の中だった。中学の時よ。

夜空に星とは違う輝きで、ずっと動かないでいるの。

「あれは星ではないわよね」

一緒に自転車で帰っていた同級生の女の子に尋ねた。

「どこ？」

「あの山の端の光よ」

「星なんじゃないの」

彼女は、関心がないのか、一瞬見ただけで、目をそらした。でも、私は、ジッと見ていたのよ。するとね、いつのまにか、その光は消えたのよ。それが最初の遭遇かしら。

秋田では四回見たわ。中学、高校で。そして、千葉の会社に就職して、そこの社長さんがボートを持っていたので、東京湾から神奈川県の三崎港のクルージングに行ったの。その時にもUFOは現れたわ。

それからしばらく見なかったけど、子どもが生まれてからだいぶ経って、子ども達といる時にも見た。

長男と二人で見たのは、蛍光灯のような細長いもの。それが、飛んで行くところ。

次男と見たUFOは、大きな公園のそば。入間川の上を烏が二羽飛んでいるなぁと見ていた。川越方面から上流の飯能方面に飛んでいるところだった。

一羽の鳥がもう一羽の鳥を攻撃しているように見えたので、何をやっているんだろうと注意して見ていたら、その鳥はよく見ると、鳥ではなく超小型のステルス機みたいだった。

飛び方も不自然なのに気がした。

目を疑って、えっ、鳥じゃないんだ。なんだろうと見ていた。

ところがフイに一瞬目を離した隙に、その黒い飛行物体は消えてしまったのだ。あれは超小型のＵＦＯだった。

私が気がついた時、小型のステルス機らしきものは一瞬、焦ったように見えたもの。

「見つかった、しまった」

みたいな……。

「カラスくらいのＵＦＯってあるのかな」

とても小さかった。

「ほら、これが、その時の写真よ」

「言葉だけじゃ、信じられないでしょ」

「私、ＵＦＯの写真、いっぱい撮ったから」

わたし、本当によくＵＦＯを見るんだ。

これまで二〇回くらい見ているわ。

そしてインプラント（人間の体に異物をはめ込むこと。エイリアン・インプラント）もされたかも。

もう一〇日間、美顔器の低周波がでる。

一カ所だけ、こめかみが刺されたような痛み。ピリッとする。

これもインプラントなんじゃないかな？

寝るときに毎日、目を瞑ると青白い光がピカピカ点滅していた。いつからかはわからないが。そういえば実家で中学生の頃眠っていて、もう朝かなと思ったら、まだ夕方だった。

その時にどこかに連れていかれたのかな。

アブダクション（宇宙人による誘拐のこと）？されたのかな。

ＵＦＯの夢もよく見たわ。でも、それは危ないほうの宇宙船みたいだった。蛍光色で、ネオンみたいなライトが特徴なのね。

どちらかというと恐ろしい感じ。侵略にくるＵＦＯみたい。自分のＵＦＯっていうとおこがましいけど、そんなのじゃなくて、侵略にくるＵＦＯなのね。

ＵＦＯにも、いいＵＦＯと悪いＵＦＯがあるってことかな。

それから、しばらく経った七、八年前のことだけど、ある本を読んだのね。それは宇宙人の魂の物語なの。

そのページを開いたら、こう書いてあったの。

「地球が太陽に呑み込まれる」

私もまったく同じ言葉を言ったことがあるって、思い出したの。

まず、発端はね、夢の中だと思うけど、暗い宇宙から自分の星を見ているの。

たぶん、宇宙船なんだと思う。

暗くて、悲しい感情が押し寄せてくるのよ。

「あーぁ、地球が太陽に呑み込まれる」

「さみしい」

「かなしい」

胸がギュッとしめつけられる。

「地球」と言っているが、いま住んでいる地球ではないことが、なぜだかわかるのよ。

同じ夢を二回見たの。

時期はすこし前になるけど、一九九〇年のはじめのことかな。

二度目が、宇宙人の魂の物語を読んだとき。

地球と思ったその星は、その時、本の中の彼女は、自分の星をM３７星だと書いていたわ。

この人が、最初に発した言葉が
「地球が太陽に呑み込まれる」

だったの。

あー、同じだ。私も同じことを夢で見た。もしかすると、私もM３７星の宇宙人だったのかもしれない、そう思ったわ。

そんなことがあったので、友人に誘われてスピリチュアルな会に行ってみることにしたの。そこでは「魂の故郷に帰る瞑想」というのがあってね、友達と一緒に受けてみることにしたの。

私がその時に見たのは、魂の故郷とか霊界とかではなくて、「満点の夜空」なの。

そしてね、心の中から、そこに
「帰りたいー」

という言葉が聞こえてきた。

私はいったいどこから、来たのかしら。

父は大黒天、母は樹の精

（山梨県　女性　Mさん）

ホリエモンが、ロケットを打ち上げた。昔の私だったら、「なにを無駄なことをして」と思っただろう。だって、打ち上げに、三億円くらいかかるということだもの。

そんなお金があったら、今の狭い家から脱出して、私は悠々自適な生活ができると思える。

昔の私だったら、そう考えたわね。

でも、先日、不思議な人に会った。その人の生き方から学んだことがある。それを話してみていいかしら。

その人は、女流画家で、ある有名な大家の弟子だった。
「川端龍子《かわばたりゅうし》」って、知らない？
「知らない？」
そう、でも絵画の世界では有名な方よ。
みなさん、よくご存知だと思う。
「川端龍子」
私の知識も、実は単純だった。
一つ、横山大観と親しかった。
一つ、「ヤマトタケル」を描いた。
一つ、日本画家だった。
そのくらいだったわ。
もともと彼は西洋画家を目指していたらしいけど、留学したのか、外遊したのか、アメリカのボストン美術館で鎌倉時代の名作「平治物語絵巻」を見て感動したらしいの。それがきっかけとなり、日本画に転向したのね。それは、後になって知ったことだけど。

ステキな絵なのよ。高貴な絵？

絵の中にゾクゾクが凝縮されているような感覚を覚えたわ。


その方の高弟という方に、ある展覧会でお会いしたの。「牡丹」とか、「富士」とか、「花火」とか独得な構図と色に魅かれたわ。大作が素晴らしかった。それとね、シャガールじゃないかと思うような、メルヘンの世界の絵も良かった。

その人は、入り口で、少し緊張した面持ちで立っていらしたの。

どちらかというと、ぶっきらぼうで、第一印象は「取りつく島がない」

だったわ。でもね、人は見かけによらないという格言どおり、見事に第一印象を裏切られたわ。

とても気さくな方だったの。

絵の話をした後で、その人は、

「お座りになって、お話しませんか」

と言ってくれた。

時間が、少しあったので、お茶を頂いて、雑談したの。その時、何気なく、ご家族のことを尋ねてみたくなったのね。

そのお話の意外なこと。

まずね、その人は天涯孤独なの。

もちろん、お父さん、お母さんがいらしたけど、ご自身が四〇代の頃お父さんはなくなり、五〇代の頃お母さんもなくなった。

そして、お父さんの供養のために、仏様を千体描き始められたの。

昔、江戸時代のことかな。お墓を持つことを許されなかった庶民は、石仏を刻んで菩提にしたらしいのよね。お手本を持たなかった石工たちは、小町娘をモデルに石を刻んだんですって。だから、江戸の石仏は可愛らしいのよ、と聞いたわ。


その方も、自分の仏様にするって決めて、「しあわせ仏」と名付けて、千体描くことにしたらしいの。

「一番から番号を振って、ね」

と言って、その方は、あまり人には話したことがないことを、打ち明けてくれたの。

「私は銀座の百貨店で、個展を三〇回近くやってきたけど、実は、個展を開くごとに、毎回緊張するの」

「なぜですか」

「そりゃあ、あなた、お客様が来て下さらないと困るからなのよね」

「毎回毎回のことで、なんとかなると思えるようには、なかなかならないものなのよ」

「じゃ、どうなさったんですか」

意外なことを仰った。

「最初はね、先生が助けて下さったのよ。いつも夢に出てきて下さったわ」

「それから父と母が助けてくれたのよ」

「でも、亡くなっていらっしゃるんでしょ」

「母が生きている時には、父が、母が亡くなってからは母が、展覧会の度ごとに必ず出て来てくれたの」

「信じてもらえないかもしれないけど、父は福袋と打出の小槌を持った長者の大黒天の格好でいつも出て来たわ」

「そしてね、やさしく微笑んで静かに庭の柿の木の横に消えていったの」

「母が亡くなってから、母もやっぱり出て来てくれた」

「庭に柿の木があったんだけど、母は女神様みたいな格好をして、じっと佇んでいたかと思うと、柿の木の中にすーっと入っていったのよ」

「ここにいるから安心して」

そんな風に語りかけてくれたのよ。木の精になったみたい。

「それで、展覧会はどうなったんです」

「いつも大盛況。どうしてこんなにお客さんが来て下さるのかしら」

百貨店の担当者は驚いていたわね。

記憶に残るお話だったので、紹介しました。

大黒天の力は大きいですね。
画家の方の父母への恩が、きっと豊かさを引き寄せているんでしょうね。

6章　生きものは知っていた……

死んだ愛犬が助けてくれた

（兵庫県　男性　Mさん）


オレは面白くないことが続いて、中学校に行かなかった。

今では馬鹿だなと、その時の自分のことを思う。

毎日ぐずぐず自分の部屋にとじこもって、死ぬことばっか考えてた。人のことが信じられなかった。

多分ウツ症状だったんだよな。

家族と会話しなかった。友人とも話さなかった。

そんなオレを見かねて親が、一匹の犬を飼ってくれた。

その犬に「ホワイト」と名を付けた。家族で一番最初にオレになついて可愛くなってきた。

こいつだけはオレのこと裏切らないと思った。しかしあっけなく交通事故で死んでしまった。

ホワイトが死んで三日目、寝ていたらアレが起きた。

オレの住んでる場所は、西宮の中心部だったので、大きな被害があったところだった。

その日オレ一人が家にいた。家族は前の日から出かけていたんだ。

ぐっすり寝込んでいたが、いきなり頬に柔らかい感触があってホワイトが吠えたのだ。

まさかと思って飛び起きた。

オレは霊なんて信じてなかったのに、目の前に死んだはずのホワイトがいた。

名前を叫んで布団から出た瞬間、グラグラ強烈にゆれて足元の大きくて重い本棚が倒れてきた。地震‼　すごい地震だ‼

もう少し遅れてたら死んでいた。ホワイトは廊下に飛び出して、外に出ていった。

周りは色々なものが倒れてきていた。

マンションの廊下にホワイトがいて、まるでオレに「ついて来い」って言うみたいに前を走って階段を下りてった。

ホワイトを追ってマンションの外に出たときには、もうホワイトはいなかった。

オレを守ってくれたんだと思う。
今でも、あのときの不思議な暖かい感触、オレを勇気づける声を想い出す。

そういうことってあるんだね。
良い話だ……。

茶トラと妻の話

（和歌山県　男性　Hさん）

結婚して三年、若くて可愛かった妻に先立たれて早一年が経った。最近ようやく妻の荷物を整理し始めた。思い出が詰まりすぎてて、はかどらない。夢にも出てこないのだ。

妻は猫好きで茶トラを飼っていた。茶トラも妻が大好きだった。くつろいでいる時も寝る時も、常に妻の横から離れなかった。

妻がいなくなってからは大変だった。茶トラは飯は食べない、トイレはしない、動物病院通いを余儀なくされた。

だが、ある日、茶トラが妻の愛用していた鏡台の前でニャーニャーと鳴いた。そして「グルグル」と喉を鳴らし始めた。

私はその光景を黙って見ていたんだが、突然、猫ちゃん用のエサが入った瓶が倒れた。触れてもいないのに、不思議だった。

そのビンを手に取って、しばらく見ていたが、はっと思いついて中のエサを茶トラに与えてみた。

そしたら、茶トラは嬉しそうに飯をガツガツ食べ始めたんだ。そして、その日から毎日ちゃんと食べるようになった。

誰にも話していないが、あれは妻が現れたんだと思うんだ。

そう信じて良いんだよね？


茶トラは霊視も霊聴も自在ですもの。

間違いないですよ。

木の顔を撮る

（徳島県　男性　Bさん）

比叡山の裾野に日吉神社があります。

滋賀県大津市坂本。東京ドームの約九倍という広大な境内を誇り、全国に約三八〇〇社あるといわれる日吉・日枝（ひえ）・山王神社の総本宮です。

およそ二一〇〇年の歴史があるそうです。

平安遷都の後は、京都の鬼門の方角（北東）にあって「都の魔除《まよけ》・災難《さいなん》除《よけ》」を祈る社として、幅広く全国的な信仰を集めるようになりました。

この日吉大社の広大な境内には、スギやモミなどの大木が数知れずそびえ立ち、その下に変化に満ちた美しい森が形成されています。

その中の、特に大木に抱きついて、

「根治しなかった鬱病が治った」

と友人の奥さんが私に話してくれました。

私は、いろいろなモノの中に顔を常に見つけようとして四〇年もたちました。

鬱蒼と茂った枝葉が風に揺れ、ざわめいている中に、奇妙な人や動物に似た表情を見つけ、その心理を読み解くのが得意です。

ある種の霊感が働くのでしょうか？

私の家の近くにも大きな榎があります。

今から二〇年ほど前は、畑と水路のそばにその樹が立っていて、道すがら毎日のように眺めていました。

その後、辺りが住宅開発されていく途上、早春のある日のことでした。やがてまた新芽が出るだろうと写真を撮りに行きました。

その場にきて驚きました。榎がなんと切り倒されそうになっていたんです。

私は行政の人たちを説得して、木を切ることをやめさせました。

その翌日から二日間豪雨でした。

その後、何度も切り倒されそうになる度に、その場を通り反対の声をあげるので、関係者も諦めたようです。

枝葉は切られたものの、木自体は生き残り、まだその場に立っています。

私は、木の顔を撮るようになって、四〇年。これも偶然ではなかったのです。

東洋大学創設者の方が言っていました。

「祟められるモノには神が宿る」

と何かに書かれていました。

友人たちに、この榎の話をすると、

「あなたに助けを求めている」

と言うのです。私も、常に榎と会話しています。


くだんの榎は、幹周り二メートル四一センチの大木です。偶然に其処に生えたのではないというのが私の意見です。

なぜなら、そこは三市町村が交わる境にあり、水路の分岐点だからです。

樹のある周りには一〇数年前から家が建ち始め、今では一五〇軒程のコミュニティー（町）ができています。

その開発の途中で邪魔だから切ろうということになったのです。

ある友人から聞いたことですが、集うという字源は、木に鳥がとまった姿から来ているようです。そのコミュニティーは榎を核に構成されたもので、仮に樹を切ってしまったらどうなると思いますか。

そのコミュニティーは、「崩壊するのではないか?」というのが私の意見です。

どうですか、いかがなものでしょうか?

私は、樹はコミュニティーのヘソであり、守り神のような気がしています。

話は変わりますが、我が家の守り神は母でした。

早くに父が亡くなったあと、しばらく病床に臥していた母が病回復を願って、ある巫女さんに来てもらい、占ってもらいました。

父に変身したその人は、

「自分は大酒飲みで一生を潰し家族にも迷惑かけてしまった」

と嘆き悲しんだと言います。

私が中学生になったばかりの頃ですから、もう六〇年近く前のことです。母からその話を聞き、驚愕しました。父は役場にも勤めていて、周囲からも、やがて村長になるのではないかと噂されていたと聞いていたからです。

しかし、酒に溺れて、人生をないがしろにしたことになるんですね。

父には子供の頃、東京美術学校へ進めとよく言われましたが、本人は酒で一生を潰してしまったのかもしれません。

私の、樹木に顔を発見しようとする習性がどこから生まれたのかわかりませんが、見えないものに対する畏怖や尊敬が、私を突き動かしているとしか思えないことがあります。

昔のことをあれこれ思い出すのは歳のせいでしょうか。

どうか聞き流してください。

トラネコ

（東京都　女性　Fさん）


大正生まれの祖母は、武家の出で厳しくて凛とした人でした。

戦時中は、祖父と一緒に北京へ渡り、印刷業を営み、終戦後は引き揚げ船で、一二歳から〇歳まで四人の子どもを一人も欠けることなく連れ帰り、それからはずっと東京で暮らしました。

遅い初孫の私は、祖父母と隣同士で暮らし、とてもかわいがられました。

祖父は私が一〇歳のとき、八六歳で亡くなり、その六か月後、祖父の後を追うように祖母も七六歳で亡くなりました。

新緑の五月の頃です。

その年の秋頃、我が家の横の路地奥に一匹のトラネコが住み着きました。野良とは思えない毛並みの良さと人なつこさ、そして何より上品な猫で私たち家族は「トラちゃん」と呼んでいました。

当時近所には、「クロチビ」という黒くて小さくて賢いボスネコが住んでいました。クロチビは祖母が生前かわいがっていた猫で、トラちゃんはそのクロチビともすぐに仲良くなりました。

トラちゃんは私が小学校から帰宅するのを見つけると飛んできて、クロチビも一緒に毎日のように庭で遊びました。どんなにそーっと帰ってきても、トラちゃんは気配に気づいてやってきました。

祖父母の暮らした家には祖母の娘が一人で住んでいました。

ある日、たまたま網戸を開けたままだったところに、トラちゃんが入り込んできていたそうです。その時食卓には美味しそうな魚がありましたが、トラちゃんはそれを取ることもなく、ビックリした叔母の顔を床に座ったまま、穏やかに見つめていたそうです。

冬が近づいたころ、突然トラちゃんは姿を消してしまいました。

「あれはおばあちゃんだった」――

それから何年か経ったある日、叔母がそう言いました。

実は私もずっとそう感じていました。

一人で暮らす自分の娘を心配して、そして孫の私にお別れを言いに、猫の姿でやってきたのだろう、と。

叔母も私も口には出さないまま、同じことをずっと思っていたのです。

猫は祖母が一番好きな動物でした。

天井裏の騒動

（栃木県女性、ＴＫさん）


私は、以前鹿沼市のアパートで家族四人で暮らしていた。

古いアパートで平屋だった。戦前に建てられていたので、今から四〇年位前だが、すぐに取り壊して建て替えようかという話が持ち上がっていた。

私たちは、引っ越せるだけの余力がなかったので、

「なんとか、しばらく待って下さい」

と言って、不便ながらも、そこで暮らしていた。

そのうち、天井が騒がしいので、猫が子どもを産んだんだろうくらいに

思っていたが、連日の騒動で、私たちと隣の一家は、睡眠不足になった。我慢ができなくなったので、大家さんに相談したところ、

「鳥のヒナを食べにくるネズミのワナを仕掛けてある」

ということだった。

私たちは、ホッとしたかというと、逆に驚かされた。

「鳥の巣とネズミ……」

隣の部屋の方が怒り出した。

「この間、気になって天井を開けたのよ」

「食い殺された雛の羽毛がおびただしくあった」

「ネズミのワナじゃなくて、他の方法を考えなくてはいけなかったんじゃないの」

よくよく話をしてみると、ダニもすごいと言う。そういえば、妻も娘も、

寝ているとき、ぽりぽりと夜中、掻いていた。
天井からダニが降ってきていたのだ。

大家さんは、大したことではないと言ったので、さらに紛糾したのは言うまでもない。
そして意外なことを言った。
「もう、お札を貼ったから大丈夫」と。

その頃、日光の東照宮の絵師で、霊験あらかたな人がいらっしゃった。
その方は、絵師としての修業の中で、滝に打たれたりして、心を澄ませ、絵筆を握っていたそうで、あるとき、自身が不動明王の生まれ変わりということを天の声で聞いたそうだ。

困っている方に出会うと、悩み事に応えてあげていた。

「神さまの仕事をする時は、感謝を深め、無私無我、無料奉仕が基本」

といつもおっしゃっていたそうだ。

鹿沼の古峰神社の日本武尊や、東照宮の天井の竜の絵の修復なども手がけていた方だったので、大家さんはその方にお願いして、魔除けのひと言を書いてもらったそうだ。

「色紙にね」

その方には悪いと思ったけど、天井が静まるように、その色紙をお札代わりにしたのね。たしかにしばらくは、物音一つしなかった。

大家さんが言うには、

「ただ、ちゃんと、お礼参りしなかったのよね」

大家さんは、自分の不信心が、天井裏にネズミと雛の危うい結末を作ったではないかと話してくれた。

「絵師の方が、急逝なさったの。ちゃんと、お葬式に行くべきだったわね」

天井裏の出来事は、単なる自然現象が重なったものではないと思う、それが大家さんの言い分だった。

最初はねずみ取りでも、効き目があったのだからと。

栃木という土地は、東照宮が近いために、信心によって、良いことも悪いことも起こると考えるらしいね。

私たちは、天井裏の騒動が鎮まれば、それでよかったのだが。

大家さんが、不動産屋に相談して、天井裏を清掃してくれた時に、天井裏には、死んだ雛の骨と、ねずみ取りにかかったネズミの死骸がそれはそれは一杯あったという。

そんな所で、寝ていたなんて、今でもゾッとする思い出だ。
私たちは建て直しをすることになったアパートを出ることにした。
あんなことがなければ、いまも怖いアパート暮らしだったかもしれない。

飼い猫のクロの話

（愛知県　女性　Aさん）

私の母が一年前から介護つき老人ホームに入ったのですが、夜、よく眠れないと嘆いているんです。どうしてかというと、夜中になると飼い猫のクロが現れて、暴れているって言うんです。

押しぐるまのポシェットみたいなところから出てくるって。押し車って、わかりますよね。病院で、術後に私物を入れて押して歩くやつです。

何とその小さい入れ物から、クロがグルグルとばけものみたいに出てくると言うんですね。

認知症の症状？　始まったかと思いましたが、頭はすごくはっきりしているんですよね。

「とうとう、優子まで(私の本名です)一緒に出てくるようになった！」って。

「えー！　だから最近、私、寝ても疲れがとれてなかったん？」

「そんなところ（ホームは車で二〇分くらい）まで行ってたの！」

クロも心なしか、やつれてきた気が。

こうして私は夜になると、クロを抱きしめて、今晩は二人いや二匹とも
ここにいようと言い聞かせるようにしました。

最近は、出ることが減ったと母が言ってます。

私もクロも元気回復！

良かった、良かった。

追伸

母の押し車のファスナーが開いていたので、病院でこっそりと閉めてきました。それで、もう出られなくなったんだと思います。

「磁場」ということばをご存知でしょう。伊勢神宮や春日大社に行かれたことがあれば、そこが森厳かつ精妙な波動になっていることに気づかれる方も多いでしょう。信仰とは、人々の神仏への尊崇の念です。それが集まると、何とも言えない厳かで尊い波動で、その霊域を守ります。

霊の中では、主に悪霊、悪魔が積極的に悪さをします。自殺の名所には、興味本位で出かけたりしないことです。地縛霊がいるそうなので、ご注意ください。

- 同じ場所に行かない（縁の法則）
- 同じ土俵にのらない（波長同通の法則）
- 自分の心を鏡のように磨く（鏡の法則）
- 結界を作る（磁場の法則）

あとがき

日本の代表的な古典である『古事記』には、国生みということが書かれていますが、国生みとは「人を作る」ということなのです。

それを教えて下さったのは、中国研究家の中村桃里先生でした。

中国の昔の賢人、孟子は
「人は口を開いて、天下国家を論じるけれど、天下の本は国にあり、国の本は家にあり、家の本は身にある」と教えています。

実に一人の力、天下を起こし、一人の悪、国を衰亡に導くものです。

人心の危うきは、今日に限らず、中国のような大きな国家でも、則天武后などの成り上がりの夫人が、天下を乱して、人民を苦しめたりしましたね。

先般の、香港のデモについては、国の方向性をしっかりと作り上げるために必要な運動であったと思うのですが、日本では、野党からも与党からも、何も発信がないのは不思議なことです。国家には精神的支柱がなければなりません。

また、一人ひとりの心にも、正しい心のあり方が必要です。

お釈迦様も、中国の孟子も同様なことを言っています。

本書では、霊が存在するというたくさんの事例を紹介してあります。

過去、現在、未来は車輪のごとく、ぐるぐる回っています。

浮世は流れる水のように、果てしなく続いています。この中にうごめいている諸々は、あるものは浮き雲のように財欲に心奪われて、低劣な娯楽に酔い、ただ生を貪り、死が近づくのをさえわからないでいます。

木の葉に宿る朝露に目を止めてみてください。露玉は美しいけれど、朝日が昇ればすぐに消え失せてしまう。いつも、はかない命です。

地球上にうごめく人類の命は、無限の大宇宙に比して、朝の露に等しく、はかない命です。


人生は刹那です。

ですから、有限の時間をいかに生きるかを、人々は模索してきました。

古今の古典をひも解くと、何とも多くのあの世の話が出てきます。

中には、願望が作った夢物語もあるかも知れませんが、かくも多く、あの世からこの世へのメッセージがあることでしょう。

そして、あの世から見守ってくれている霊の多いことに驚きます。

神仏を信じる心が、とても大事なんだということが事例として多いですね。

速やかに魂の本質に目覚め、魂の力に目覚めて頂きたいという願いを持って、本書をまとめてみました。

本書をまとめる機会を与えて下さいました株式会社ロングセラーズの皆様に心より感謝申し上げます。

また、多くの方にご寄稿いただきました。貴重なご体験をご披露くださいまして、まことにありがとうございました。

本書が、何かしら、皆様の心の琴線に触れ、人生の再建に役立ちますように、祈念しております。

二〇一九年七月吉日

編者記す

心霊 本当にあった怖くてちょっといい話

編　者　　河越八雲
発行者　　真船美保子
発行所　　KK ロングセラーズ
　　　　　東京都新宿区高田馬場 2-1-2　〒 169-0075
　　　　　電話 (03) 3204-5161(代)　振替 00120-7-145737
　　　　　http://www.kklong.co.jp
印　刷　　中央精版印刷(株)
製　本　　(株)難波製本

落丁・乱丁はお取り替えいたします。
※定価と発行日はカバーに表示してあります。

ISBN978-4-8454-5099-2　C0291　Printed In Japan 2019